# 截句課

蕭蕭　曾秀鳳——主編

# 【總序】
# 不忘初心

李瑞騰

　　詩社是一些寫詩的人集結成為一個團體。「一些」是多少？沒有一個地方有規範；寫詩的人簡稱「詩人」，沒有證照，當然更不是一種職業；集結是一個什麼樣的概念？通常是有人起心動念，時機成熟就發起了，找一些朋友來參加，他們之間或有情誼，也可能理念相近，可以互相切磋詩藝，有時聚會聊天，東家長西家短的，然後他們可能會想辦一份詩刊，作為公共平台，發表詩或者關於詩的意見，也開放給非社員投稿；看不順眼，或聽不下去，就可能論爭，有單挑，有打群架，總之熱鬧滾滾。

　　作為一個團體，詩社可能會有組織章程、同仁公約等，但也可能什麼都沒有，很多事說說也就決定了。因此就有人說，這是剛性的，那是柔性的；依我看，詩人的團體，都是柔性的，當然程度是會有所差別的。

　　「臺灣詩學季刊雜誌社」看起來是「雜誌社」，但其實是「詩社」，一開始辦了一個詩刊《臺灣詩學季刊》（出了四十期），後來多發展出《吹鼓吹詩論壇》，原來的那個季刊就轉型成《臺灣詩學學刊》。我曾說，這一社兩刊的形態，在臺灣是沒有過的；這幾

年，又致力於圖書出版，包括吹鼓吹詩叢、同仁詩集、選集、截句系列、詩論叢等，迄今已出版超過一百本了。

根據彙整的資料，2019年共有12本書（未含蘇紹連主編的3本吹鼓吹詩叢）出版：

# 一、截句詩系

王仲煌主編／《千島詩社截句選》

於淑雯主編／《放肆詩社截句選》

卡夫、寧靜海主編／《淘氣書寫與帥氣閱讀──截句解讀一百篇》

白靈主編／《不枯萎的鐘聲：2019臉書截句選》

# 二、臺灣詩學同仁詩叢

離畢華詩集／《春泥半分花半分》（臺灣新俳壹百句）

朱天詩集／《沼澤風》

王婷詩集／《帶著線條旅行》

曾美玲詩集／《未來狂想曲》

# 三、臺灣詩學詩論叢

林秀赫／《巨靈：百年新詩形式的生成與建構》

余境熹／《卡夫城堡──「誤讀」的詩學》

蕭蕭、曾秀鳳主編／《截句課》（明道博士班生集稿）

白靈／《水過無痕詩知道》

截句推行幾年，已往境外擴展，往更年輕的世代扎根了，選本增多，解讀、論述不斷加強，去年和東吳大學中文系合辦的「現代截句詩學研討會」（發表兩場主題演講、十六篇論文），其中有四篇論文以「截句專輯」刊於《臺灣詩學學刊》33期（2019年5月）。它本不被看好，但從創作到論述，已累積豐厚的成果，「截句學」已是臺灣現代詩學的顯學，殆無可疑慮。

　　「臺灣詩學詩論叢」前面二輯皆同仁之作，今年四本，除白靈《水過無痕詩知道》外，蕭蕭《截句課》是編的，作者群是他在明道大學教的博士生們，余境熹和林秀赫（許舜傑／臺灣詩學研究獎得主）都非同仁。

　　至於這一次新企劃的「同仁詩叢」，主要是想取代以前的書系，讓同仁更有歸屬感；值得一提的是，白靈建議我各以十問來讓作者回答，以幫助讀者更清楚更深刻認識詩人，我覺得頗有意義，就試著做了，希望真能有所助益。

　　詩之為藝，語言是關鍵，從里巷歌謠之俚俗與迴環復沓，到講究聲律的「欲使宮羽相變，低昂互節，若前有浮聲，則後須切響」（《宋書·謝靈運傳論》），這是寫詩人自己的素養和能力；一旦集結成社，團隊的力量就必須出來，至於把力量放在哪裡？怎麼去運作？共識很重要，那正是集體的智慧。

　　臺灣詩學季刊社將不忘初心，在應行可行之事上面，全力以赴。

# 思發於欒樹開花結果之間

曾秀鳳

　　回想起來,「截句課」這本書能成事,可說是典型的「無心插柳柳成蔭」。

　　我們這群明道大學中國文學系博士班書法組學生,在去年選修了「現代文學專題」課。第一次上課時,才知道大家來自四面八方。有人開車來,有人搭飛機、有的搭高鐵、有的騎腳踏車、甚至有人就是走路來。那時,天天拿毛筆把墨汁當飲料,日日舞文弄墨的我們,並不知道我們即將共同寫出一本與文學相關的書──「截句課」,不管是課堂內,還是課堂外。

　　記得那天,窗外是一樹一樹的黃,欒樹正在開花,陽光閃耀其上。教室門一打開,蕭蕭老師搬來一大絡的書。坐定後,宣布這學期的「現代文學專題」將聚焦於截句之閱讀與討論,然後帶著微笑、深情款款的看著那一大疊白色封面的書,說是秀威出版的一系列截句選。他一本一本的介紹,臺灣的、大陸的、新加坡的……在大家還沒弄懂截句是什麼時,他已然假定大家都會喜愛,大器的說:「這些通通歡迎大家借回去讀。」

　　於是,截句課的旗鼓就在蕭蕭老師大聲張揚中,掀開翻打。

起初，蕭老師要大家加入「吹鼓吹詩論壇」的截句創作戰場，沒想到戰況不佳。於是他就要求每個學生必須選一個自己喜愛的截句作家，讀上最少一本與其相關詩集，然後選兩首於教室分享自己喜歡和欣賞的理由；他還特別請來白靈和葉莎，還有卡夫〈杜文賢〉三位詩人到教室來現身說法，分享他們的創作經驗。於是課程變得活絡，每個人開始勉力拎起文學錦囊，走在截句這條羊腸曲徑上。

蕭老師甚至帶我們北上到外雙溪的東吳大學，去參加「2018年現代截句詩學研討會」，見識截句大家在創作與論述上的功力和風采，硬是要提升我們對截句的知性與論辯力。

後來，他乾脆一不做二不休，指定每個學生要選一個或幾個截句作家，針對其創作取材上的特點去撰寫一篇研究論文。古今中外之比較，可也，動物植物的也行，天上飛的地上爬的都可，或是作家宗教觀等等……待論文寫就，還得在教室裡發表，並透過同學的腦力激盪，還有不同角度之批判論辯所激發出來的火花，再進行修改，才能做為期末作業。

就在大家準備短暫卸下課業壓力，好好放假去的時候，蕭蕭老師又用他特有靦腆的微笑說：「利用寒假再好好的思考和找資料做補充，並進行修改，我們即將出版你們的截句論文！」大家譁然聲還未落下，他接著又說：「詩論壇的截句解讀又開始了！我看同學也去試試身手吧！」

套用蕭蕭老師新作的句子，「我們想也沒想過　更不知道風會怎吹　人生優處能有多少項目可以積累」，我們這群書法研究者，就是在蕭蕭老師對截句的熱愛與他巧妙的設計和督促下，一步一步走進並陷入他的文學研究與討論「圈套」，沒來由的跟蕭蕭老師一

起掏心掏肺的，於是曾經似乎已結束的「截句課」，又用另種方式再度開枝散葉。

2019年10月25日　明道大學國學所博士班課堂

# 目次

# 輯二：截句解讀

截句專論

# 漢字文化藝術中的兩朵奇葩
## ——現代截句與少字數書法的對照關係探微

欒建利

## 摘　要

　　詩和書法是中華傳統文化的典型代表，自古以來有著文化與美學的親緣關係。而現代截句和少字數書法分別作為詩與書法發展到近現代的產物，也有著同理性特徵。現代截句從概念的提出至今不過才三年時間，少字數書法從日本興起到現在也不過幾十年時間。在短短的時間之內，兩種新生的藝術門類吸引了眾多關注，成為各自體系之內耀眼的新星。本文擬就二者在藝術門類的產生、表達方式、審美特徵以及發展空間等方面對二者加以對照分析，以此探討二者緊密的關係及結合的可能性。

**關鍵詞**：漢字文化、現代截句、少字數書法、意境、對照關係

# 一、前言

　　唐代書法理論家張懷瓘有言：「始自堯、舜王天下，煥乎有文章，文章發揮，書道尚矣」；[1]「字之與書，理亦歸一，因文為用，相須而成」。[2]可見，文學藝術與書法藝術從來就是交相互用的。

　　在古代，書法家都有多重身分，是文化領域的佼佼者，往往是精通文學的，集文化大成於一身。中國的文學藝術家懂書法、善書法具有天然的文化合理性。而當代文學藝術家和書法家卻有著大不相同的社會文化環境，縱觀人類文化發展的歷史，藝術的分工與社會的分工一樣，是越來越趨向於細緻和具體的，與其他藝術門類相比，其「藝術性特徵」越強烈、越鮮明，它就越能獲得在藝林中的獨立地位，也越能獲得更多的專門從業者，最終使這門藝術本身成為一個專業，一個職業，甚至成為一種行業。這也就使作家和書法家相繼職業化，成為專門的作家、書法家。這也導致在相當長一段時間內，文學和書法過於強調自身的專業屬性，而應有的文化聯繫多為職業化所區隔。

　　但隨著藝術門類的發展，藝術家發現，要想取得穩固的社會體認，僅有形而下的技術是遠遠不夠的，其本人往往還需要有較高的綜合素養，於是職業化的藝術家越來越傾向於在本專業之外加強跨學科的文化積累。如：宋代詩人陸游曾經提出「工夫在詩外」，一名文學藝術家不僅僅要有文字語言寫作的基本能力，還需要有歷

---

1　【唐】張懷瓘：〈書議〉，華正人編著《歷代書法論文選》，臺北市：華正書局有限公司，1997，頁132。

2　【唐】張懷瓘：〈文字論〉，華正人編著《歷代書法論文選》，臺北市：華正書局有限公司，1997，頁190。

史、政治、地理、哲學、藝術學等人文學科的知識和對生活的豐富體驗，否則即使駕馭文字的能力再強，也怕是巧婦難為無米之炊。

書法藝術也是如此，我們也常說「功夫在書外」，書法藝術是一項非常複雜的、有意義的精神外化藝術創作工程，遠不是信手寫來或把字寫好看那麼簡單。形式美與內容美相統一是藝術審美特徵的基本要求，書法要成為藝術也必須遵循這一要求。書法形式美與內容美相統一是寫字上升到藝術的蛻變和節點，也是寫字上升到書法藝術的根本手段，是書法神韻、氣韻和意境形成的決定因素。所以，書法家在具備基本的書寫規範、技巧之外，還要具備豐富的人文素養和創新精神，需要學一點詩文，懂一點繪畫，聽一點音樂，看一點舞蹈，參加一些社會實踐活動，以獲得書法藝術家應用的素養，擷取書法藝術創作所需要的睿智、敏銳和靈感，豐富書法形象，營造書法意境，表現書法神韻，提升書法藝術創作能力，創作出形式美與內容美相統一的優秀作品來，避免淪落為「書奴」、「書匠」。

文學與書法的親緣關係，確是中國文化的隱形基因，即使在與西方各種文化藝術思潮不斷碰撞磨合中，這種聯繫也不會就此消失。文學和書法發展到現代，分別出現了現代截句和少字數書法兩種藝術形式，而這兩種藝術形式之間也存在著類似古典詩歌和傳統書法類似的對照關係。

## 二、現代截句和少字數書法的興起概述

「世界上任何事物的存在都不會是孤立、偶然的現象，都有其產生、發展、消長盛衰的條件和環境。而且該事物自身的結構佈

局、繁衍機制，以及它對外界環境變異的適應能力，在一定程度上制約著該事物的生存品質和發展前景。」[3] 在高速發展的當今社會，人們的生存環境發生了很大變化，網路化、資訊化使人與人之間的藝術交流變得方便快捷，藝術資料資源可以輕鬆獲得，藝術觀念、藝術形式可以在短時間內得到廣泛傳播，新舊更迭轉化更為頻繁。在新的環境下，文學藝術和書法藝術領域分別誕生了兩種新的藝術形式——現代截句和少字數書法。

現代截句這種文體概念是大陸詩人蔣一談在2015年首次提出的，而在此名稱出現之前其實已有現代截句之實。此前，臺灣地區已經有不少詩人努力在進行此類文體的藝術創作，對原有的舊詩進行改革，所以，現代截句是先有實，後冠名的新詩革命。現代截句的寫作方式和定義符合許多華文地區小詩的本質特徵，因此這個名稱雖有爭論，但也被行業內所基本接受。蔣一談的「截」字來源於李小龍的截拳道，追求簡潔、直接和非傳統性。這裡的「截」為動詞，有別於短詩、俳句這類以篇幅、風格為區分的文體，截句是靈感的瞬間採擷，是滋味的集中迸現，是作者所說的「不瞻前、不顧後的詞語捨身」，截句所截是前言後續的決絕，截不斷的是抽刀斷水水更流的無限情懷和意趣。[4] 雖然大陸詩人率先提出這一文體概念，但真正做到既能參與創作實踐又能堅定實施推廣的，是臺灣詩人白靈。同為現代截句領航者的臺灣詩人蕭蕭在〈截句作為一種詩體的理論與實際〉一文中提到：「根據主事者白靈（莊祖煌，1951－）所寫的置頂文字，所謂「截句」一至四行均可，可以是新

---

[3] 西中文：《書法傳統與現代論綱》，鄭州：河南美術出版社，2004，頁39。

[4] 原野牧歌：〈以無法為有法，以無限為有限（評論截句）https://book.douban.com/review/7685981/，2018/12/09擷取。

作，也可以是從舊作截取，深入淺出最好，深入深出亦無妨。」[5]
「兩岸的截句觀，其實都是效仿近體詩的「絕句」詩體，要求詩味
周全、詩句凝練，也不妨簡潔、直接、突破傳統拘限；詩句定在四
行以內，可以發展為相對理念的思辨，也可以舒放為靈光一閃的微
妙體驗。」[6]在詩的發展歷程中，現代截句既受中國古代截句的影
響，也受啟發於日本的俳句。但與日本俳句相比，文字的彈性較
大，一般四行以內均可，也不受韻腳的限制，更富有現代、後現代
精神和開放的姿態，具有包容的精神。

　　少字數書法也稱少字書法，是在20世紀50年代末最受人矚目的
現代書法類型，它是日本前衛書法在傳統書法的基礎上，在解讀抽
象表現主義和行動繪畫的影響下，發展出的放大瞬間情緒和偶然性
的表現派書法。少字數書法最初由日本興起，隨後擴展到整個華文
地區。所謂少字數，是與多字數相對而言的，一幅作品由一到幾個
漢字組成，它以筆墨線條為主要表現對象，因為書寫的字數較少，
一般採用大字形式，強調造型性與抒情性。

　　實際上，中國傳統書法中歷來有許多「少字數」的形式，如榜
書和民間常見的「福」、「祿」、「壽」、「喜」，以及在茶室裡
常見的「禪」、「道」等。這些作品的特點是，每個字都有多重的
含義和解讀方法，內容精簡，一字一詞生動易讀，視覺形式很容易
吸引觀者的眼球，令人過目不忘、留有餘味。二戰以前，日本的所
謂少字數書法也是指古時禪僧那些不拘成法、自由豁達的墨蹟。它
旨在抒發情懷，富有人性和神性，但創作手法樸素、簡單，沒有現

---

5 蕭蕭：〈截句作為一種詩體的理論與實際〉，蕭蕭著：《新詩創作學》，臺北：秀
　威資訊科技股份有限公司，2017，頁95。
6 同5，頁88。

代創作那樣高度嚴格的行為性和流派的開創性，因此也看不到高超純粹意味的象書。

由於歐洲美學引入日本，加之日本也正在重新認識自豪的精神文化，故書法也發生了質的變化。以前注重玩味作品詩意和文句，現在轉為通過書法本身的筆墨造型來認識和欣賞人類的生命感，往往具有塗鴉兼設計、書風兼畫意的表現性特徵。這種「少字數」書法，更突出了漢字的線條和結構美剎那間產生的爆發力、想像力和視覺衝擊力，直指心源。臺灣書法家杜忠誥先生創作的少字數書法作品也具有極強的表現力。（圖1、圖2）

由此可見，現代截句和少字數書法都是現代社會高速發展的產物，比傳統母體更加簡練直接，在把握基本核心精神的前提下，突破了傳統的拘限，適應了現代社會追求簡潔、快速、有震撼力的時代要求。

## 三、現代截句和少字數書法的對照關係分析

現代截句和少字數書法，作為傳統文化在新的時代背景下發展起來的兩種文體形式，無論在情感表現、載體依附、意境表現方式，以及欣賞和解讀方面都有著很多的相似性。

## （一）情感表現──核心本質

世界上沒有不表現心靈和情感的藝術，詩和書法也是如此，因此古代有「書為心畫」、「詩為心志」之說。

上世紀初的「新文化運動」對詩的影響很大，撼動了原有的舊詩體系，逐漸出現了許多不同類型的新詩，也出現了不同流派的

圖1　杜忠誥〈聽雨〉圖片來源：http://tuchungkao.com/，2019/03/24擷取。

圖2　杜忠誥〈壽眉〉圖片來源：http://tuchungkao.com/，2019/03/24擷取。

爭論，不同的詩歌流派也持有不同的詩觀。對詩這一文學體裁的概念、範疇界定也眾說紛紜，莫衷一是。如：表現主義的詩歌觀念，認為詩的本質應該是體驗、洞悟和幻像，是節奏的整體所形成的精神力，浪漫主義的詩歌觀念將抒情和想像視為詩的本質，這樣的詩觀都有著主情傾向的特徵。

　　表現主義、古典主義、浪漫主義等流派隨著藝術門類內部的細化和開放性，增加了對藝術門類進行定義的難度，任何的定義都具有明顯的排他性。綜合當前流行的詩來看，詩這種文學樣式，它應該飽含著豐富的想像和感情，常常以直接抒情的方式來表現，而且在精煉與和諧的程度上，特別是在節奏的鮮明上有別於散文的語言。現代截句是新詩的一種，形式上別出心裁，但也具有詩的核心特徵，這是它區別於其他文學藝術的關鍵所在。現代截句文字簡潔凝練、形式自由，卻飽含情義，意涵豐富。與古詩相比，雖都為感物而作，都是心靈映現，但完全突破了傳統詩溫柔敦厚、哀而不怨的特點，更加強調自由開放和直率陳述，與進行「可感與不可感之間」的溝通，有著更強的表現性。如新加坡詩人卡夫在其〈懂得〉這首截句中寫道：「大海收下所有掉下的淚水，變得如此的鹹。」[7]在這首截句中，揭示了眼淚的悲傷、大海納百川的包容和力量。更能體會從人的角度呼籲同理心理解他人，懂得做一個傾聽者，即使有時候自己比別人更痛，其悲憫同情心躍然紙上。又如，他對兩岸三地的「印象」三首截句中，面對現實感受，直抒胸襟，滲入了不平則鳴情緒和強烈的政治主張。

　　漢代，書法出現了自覺化傾向，這種自覺也體現在對自我心性

---

[7]　卡夫：〈懂得〉，《我夢見截句》，臺北：秀威資訊科技股份有限公司，2018年，頁39。

和情感的表現上。蔡邕在其「筆論」中說：「書者，散也。欲書，先散懷抱，任情恣性，然後書之。」[8]唐代孫過庭在《書譜》中也說：「寫樂毅則情多怫鬱，書畫贊則意涉瑰奇；黃庭經則怡懌虛無；太師箴又縱橫爭折；暨乎蘭亭興集，思逸神超。」[9]這顯示出書法家在不同情感狀態下，有著不同的書法表現。歷史上「三大行書」能夠被人們公認為頂級的書法代表作，不僅僅是憑藉其完美嫻熟的技巧，更是由於其看似失敗的縱橫塗抹，使得書家的即時情緒得到了淋漓盡致的宣洩。

　　少字數書法比傳統書法更強調表現性，運筆的輕重緩急、布白的疏密鬆緊、墨色的乾濕濃淡、結字的陰陽向背，都反映出書法家對矛盾物件的對立統一關係有著深刻的理解與把握。成功的少字數書法作品，如：手島右卿的〈崩壞〉（圖3），其藉以新的筆墨技巧和外在形式，在作品中傳達其情感和藝術主張，這種激情的爆發、靈感的頓現，比古代有過之而無不及。正所謂是「凜之以風神，溫之以妍潤，鼓之以枯勁，和之以閒雅。故可達其情性，形其哀樂。」[10]

　　作為新的藝術門類，現代截句和少字數書法都以情感表現作為尤其重要的表現因素，在形式之外追求更加深入的本質追求。這種追求，正是保留了書之為書、詩之為詩最本質的核心價值。

---

8　【漢】蔡邕：〈筆論〉，華正人編著《歷代書法論文選》，臺北：華正書局有限公司，1997年，頁5。
9　【唐】孫過庭：〈書譜〉，華正人編著《歷代書法論文選》，臺北：華正書局有限公司，1997年，頁116。
10　同9，頁114。

圖3　手島右卿〈崩壞〉
圖片來源：手島右傾http://www.9610.com/dangdai/12/japan/shoudaoyouqing.htm/，
2019/03/24擷取。

## （二）文字鐐銬的束縛與核心本質的抓取——載體

　　詩和書法都是以文字為載體，現代截句和少字數書法也是如此，詩尤其講究語言文字的運用，因為藝術形象的塑造、意境的營造，以及情感的傳達，都要借助語言文字。脫離了語言文字，也就喪失了存在的可能性。從漢字的運用中，也能窺見華人文化心態之一斑。

　　古體詩比較注重格律，韻腳也有嚴格規定，為了達到語不驚人死不休的效果，甚至在浩瀚的文字大海中，選用哪個字都有著苛刻的要求，這種形式上的限制在一定程度上對實質的表現有著阻礙作用。而現代詩，尤其是現代截句，對文字形式上的要求相對寬鬆，集中精力於詩的實質表現上下功夫，截取簡練概括的語言文字進行表達，用最簡潔的詞句傳達盡可能豐富的內容。截句通過對文字進行加、減、乘、除多種排列組合，產生了無窮的語義變化，但需要

注意的是，即使其中有千變萬化的神奇組合，其也必須遵循基本漢文字的規範。

從書法上來看，漢字的結構具有「形」的規範性、穩定性和普遍性。穩定的方塊造型，把書法線條約束在一種空間與時間秩序之中，方框中點畫線條無論如何變化，都應以尊重這個虛的空間框框為前提，否則，一旦秩序被破壞，書法中的美則無法存身。借用聞一多先生對詩歌的比喻，書法其實也是「戴著鐐銬跳舞」，其方塊造型則是「有餘地的固定格式」。書法這一屬性要求在書法創作的時候，需要遵循漢字的規則，創造「有意味的形式」。離開了漢字這一特殊規定性就不能稱為書法。少字數書法作為極具革命性的書法類型，雖然對字形根據字義偶作誇張處理，但也仍然保留了漢字的基本形體。有的前衛「作品」脫離漢字基本規範對漢字點畫隨意變形組合，或是根本拋棄漢字而僅以點畫的「墨象」為表現內容，變寫為畫，便悖離了書法藝術的本質內涵，喪失了書法的藝術特質和品位，淪為抽象視覺藝術的附庸。這種「作品」或許可以成為藝術，但絕不是書法藝術。（見圖4、圖5）

另外，「少字數」書法的核心在於少字，但並不是幾個漢字的機械組合。這些被選出來作為書法作品的幾個字，不僅僅具有音和形的表現功能，更具有在語義方面的豐富象徵意蘊，這對書法作品傳達其表現力有著促進作用。另一個方面看，這種少字通過對空間的分割，來暗示、引導及對圖像寓意作更進一步的闡釋，這種圖像的構成又成了對少字語義的強化。手島右卿用疾速運動的線條構築的〈崩壞〉，其圖像表現了難以言表的淒涼和崩潰倒塌的巨大的美，可以說少字的語義與圖像的視覺構成效果也是互為表裡、相得益彰的。

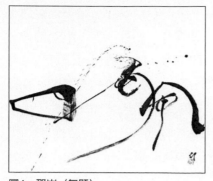

圖4　邵岩〈無題〉
圖片來源：劉小龍：〈從邵岩「射墨」看
　　　　「江湖書法」〉https://www.
　　　　toutiao.com/i660848237176107
　　　　8787/，2019/03/24擷取。

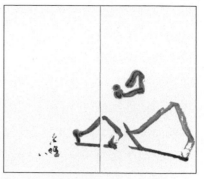

圖5　上田桑鳩〈愛〉
圖片來源：田宮文平：《「現代の書」の
　　　　檢證》，東京：株式會社藝術
　　　　新聞社，2004年，頁183。

## （三）極簡形式與豐富意境──表現方式

　　現代截句和少字數書法經常用以少見多、以小見大、無中生有，有限表現無限等方式創造虛實結合、時空交錯的意境。

　　意境是中國古典詩詞創作理論中一個重要的美學概念，它來源於魏晉南北朝時期的漢譯佛典。佛教的理論強調人的心理與精神作用，佛教徒竭力超脫一切物質空間，而回歸自己的心靈空間，於是漢譯經者便借用表現地理空間、國土疆域的「境」或「境界」一詞，來表述這種心靈空間和精神世界，尤其是表現佛理、佛法所能引導人進入的冥想的極致。這種概念後來逐漸被引入詩詞理論，它是「指作者的主觀情意與客觀物境互相交融而形成的藝術境界。」[11]

---

[11]　袁行霈：《中國詩歌藝術研究》，北京：北京大學出版社，1987年，頁26。

中國傳統文化和藝術都非常重視留白的重要性。繪畫要留白：計白當黑，無畫處皆成妙境；文學要留白：不著一字，虛處傳神，言有盡而意無窮；音樂要留白：大音希聲，餘音繞梁可三月；自然要留白：最美莫過花未全開月未滿。現代截句以語句的簡潔、直接和非傳統性為重要特徵，但也常採用賦比興手段來描繪物件，借山水湖海、風花雪月、鳥魚蟲獸等自然景物隱喻自己的人生體驗。即使句子精簡凝練，但卻內含深意，其味在酸鹹之外，根植于作者的內心深處，歷久彌鮮，舌品不得，心感方知。因此也就不用訴諸人們的視覺，而直接訴諸人們的心靈，讀後使人自然地結合自身的體驗而產生同感。這種寫法無疑有其深至之處。

現代截句中，語言精簡，但又充滿變化，甚至在語句排列上有各種形式，以四行截句為例，不僅有四句聯排，四句中也有一加三、二加二、三加一等不同排列方式，其中會空行，這種空行在形式上是一種留白，在表現意味上，卻是通過節奏的變化，給人留有遐想的時間和空間，體味其中的無中生有的意境。這或許是情感到達頂峰的休克，或許是離弦之箭的勢能延展，或許是意味的轉折，這正是抽刀斷水水更流的流動的句子、流動的情感。這也正體現了截拳道「以無法為有法，以無限為有限」的綱領和要義，如：


〈懂得〉　　卡夫


風，無處停泊


大海收下所有掉下的淚

變得如此的鹹[12]

又如李瘦馬截句：

〈老僧獨立于人生的斷崖〉　　李瘦馬

向前遙望
層層雲路已不可通行
側耳諦聽，衲衣上一粒塵沙
掉落心中的深谷[13]


　　在〈懂得〉這首截句中，採取一加二的格式，中間空了一行，
沒有文字。而這種形式上的空白給人留有體會的餘地，可以感受到
飄蕩的畫面感和情境，為下面的雨也做了鋪墊。而李瘦馬〈老僧獨
立于人生的斷崖〉這首截句文字簡練，但其中有「遙望」的視覺，
有「通行」的動作，有「諦聽」的聽覺，而細小的塵沙掉落深谷既
有了畫面感，也有了塵沙掉落的時間感。這種空是由實景塑造出虛
空的禪境，進而表現出人生的深刻感悟，振人心弦而有弦外之音，
可謂是用極簡的語言，表現出了幽深的意境和深刻的人生哲學。所
以，這兩首絕句一個是文字形式上的留白，一個是語境意義上的留
白，都可以通過空白達到虛實結合的表現效果和時間上的延續感。
　　少字數書法字數極少，帶有一定的抽象性特徵。但無論是書

---

[12] 卡夫：〈懂得〉，《我夢見截句》，臺北：秀威資訊科技股份有限公司，2018年，
頁39。

[13] 李瘦馬〈老僧獨立于人生的斷崖〉，選自蕭蕭提供之上課講義——《禪之截句》
（入選作品10首）。

法的點畫線條還是空間結構，這些抽象的組合材料都具有很強的空間造型的可塑性，除此之外，還表現出定向連續的時間性，是空間性和時間性的統一。一般人往往只注意黑的線條，而忽略了白的空間，因而不能自覺地追求和創造書法整體的和諧。傳統美學中的「計白當黑」有著指導意義，它提醒並要求人們把白和黑看得一樣重要，統籌考慮，就為創造書法整體的和諧提供了前提，其積極作用是顯而易見的。少字數書法雖從實筆落墨，卻著眼於空白的變化安排，離開了「白」的藝術處理，也就無「章」無「法」了。黑白這兩種單色經過書法家的手筆，就能構成一件美妙絕倫的藝術作品，把蘊含在內心世界的藝術品位表達出來。黑白色感不以富麗堂皇、燦爛奪目見勝，其形式至簡而內蘊至深，筆墨所到之處的「黑」與筆墨未到之處的「白」，兩者互相生發、彼此映襯，這樣才能有參差、有變化，既充實飽滿又靈動透氣，能構成既明快優美，又深沉大氣的書法作品。除此之外，少字數書法表現出抽象性，抽象也就意味著模糊，少字數書法常會大膽探索墨色的變化，墨色的乾濕濃淡變化往往會給人帶來層次感和朦朧縹緲的意境。使評論者和觀賞者處在若即若離、可望而不可及的絕妙的審美意境之中，從中得到一種朦朧的享受，從純客觀的現實之外開闢了一塊新的天地。

與一目了然的空間性相比，書法藝術的時間性則比較隱晦。書法抽象的點畫線條本身在書寫過程中具有時間性，每一點畫線條都是從點開始，積點成線的。這是一種時間的流動，而漢字書寫有著筆順的規定性，使得漢字書寫每一個筆畫也具有時間上的限制性，空間分割被納入井然有序、前後分明的時間序列，在這個過程中，每個筆畫是一筆寫完不可重複、不可逆轉的，隨意的改變結構組成

和書寫順序會影響漢字的識讀和正常使用。甚至在動態書體中常常字與字之間也牽絲映帶。這樣從每一個點畫線條的頭尾、每一組點畫線條的連接，乃至整篇作品的點畫線條呼應，都具備了一定的運動軌跡。

這種運動性的時間展開與書法創作的過程完全同步，使書法諸多創作環節如作者心緒的變化、感情的起伏、揮灑時的即興宣洩等，都像心電圖一樣有了一個明顯的軌跡可循。這就使得我們在欣賞時，也可以通過既成的點畫線條形態追溯創作過程的心性和情感。宋代姜夔在其《續書譜》中充分強調了這一意義：「余嘗歷觀古之名書，無不點畫振動，如見其揮運之時。」[14]書法這一不可逆轉的時間特性使書法這種視覺藝術兼有了音樂這種聽覺藝術的特徵，其長、短、粗、細、輕、重、秀、潤、遲、澀等等書法的點畫線條形態，在運動中帶給我們的，除了空間造型之外，還有和諧的音樂線性旋律。毛筆的運用使這種心理上的視覺效果得以更加自然、更加豐富的體現。

此外，語詞的意象性想像是「少字數」書法創作構思的基本方法。手島右卿〈崩壞〉的創作誕生在二戰之後，戰爭的殘酷對其有著深刻的感受，在戰爭接近尾聲的空襲中，看見炸彈劃長空而下，炸彈的強大破壞力和房屋的崩塌具有極強的震撼作用，他用書法來表現倒塌的淒慘景象。有了強烈的感受和心靈的影像，手島右卿選擇了可以承載這一意境的極簡詞語──崩壞，然後用「崩壞」漢字所規定的線條去分割空間來構築意境。這裡，對語詞意象的把握是創作的關鍵，也奠定了以語詞為中心不同角度的「少字數」書法創

---

[14] 【宋】姜夔：〈續書譜〉，華正人編著《歷代書法論文選》，臺北：華正書局有限公司，1997，頁365。

作的思路。

　　在現代截句中，以小見大，以少見多的例子不勝枚舉。現代截句中經常有對細小的沙子和灰塵的描寫，實則以小見大。佛教認為一粒沙可見三千世界，一花一世界，一木一浮生，一草一天堂，一葉一如來，一砂一極樂，一方一淨土，一笑一塵緣，一念一清靜，一葉而知秋，窺一斑而見全豹，觀滴水可知滄海。尋常細微之物，常是大千世界的縮影，無限往往珍藏於有限之中，懂得見微知著的人才能真正打開這個世界的門。一件很小的東西裡也可能隱藏著很大的道理，一件很平凡的事情裡也可能隱藏著大智慧。生活中再平凡不過的點滴，只要靜下心來細細品味，都會發現其所蘊含的獨特的美。少字數書法形式上的極簡模式，提煉了書法的形式語言，以少少許勝卻多多許，正可達到四兩撥千斤的效果。少字數書法家認為書寫要創造留白，要用留白提升整體空間造型，讓作品看起來栩栩如生，創造的留白不是空白，留白是生動的，是鮮活的，是能激發人們想像力的。

## （四）多元化的欣賞和解讀

　　在現代截句和少字數書法的欣賞方面，作為完成的作品，在欣賞時常會出現不同的解讀方式和欣賞結果。人們常說「有一千個讀者就有一千個哈姆雷特」，這就是欣賞的個性差異，也是每個欣賞者「再創造」所產生的必然結果。這種與作者本意的差距，只要言之成理，也被人們認可，沒有絕對的對與錯，超出了作者的創作期待。如白靈有一首名為〈截句的原因〉的詩，在鑰匙和煙花兩組意象的的解讀中，蕭蕭認為也可以看成一首情色詩。再如白靈〈斷〉這首截句：

〈斷〉　　白靈

因一顆果實的掉落
輕了的枝椏突的抬頭
想看清是離了還是放了果？

夜臨時才借風撫摸自己的空[15]


　　詩中描寫果實的掉落這樣一件平常事，可以理解為母子的分離，也可以理解為捨與得的人生哲理，或許，還有若干種其他解讀結果……。

　　書法欣賞是一種欣賞者和書法作品主客體之間的雙向運動。從本質上說，欣賞活動是審美主體，以自己感性的血肉之軀的各種感觀看、聽、觸摸、體驗的過程。因此主體的各種特殊心理活動，獨特的心理感受、情感意志、想像理解，都將在再創性想像中打下鮮明個性的印痕。

　　前面提到少字數書法的表現具有抽象性，抽象也就意味著模糊，而模糊則容易導致多元化、放射性的思維探索。所以書法藝術欣賞者在抽象的表現形式面前，免不了有一種茫然感。缺乏高深的學識修養和過人的美感洞察力，想要通過作品，較深入地洞悉其中所有美的特質是根本不可能的。尤其是探討書法作品的神采、意境的時候，更難以用言辭表達清楚抽象的點畫線條構築的形式中，究

---

[15]　白靈：〈斷〉，白靈：《野生截句》，臺北：秀威資訊科技股份有限公司，2018，頁23。

竟包含著怎樣或多少的意蘊，體現了創作者何種性情氣質和創作時的精神狀態。所以，在對藝術的審美欣賞中常常需要「心悟」，而難以「言傳」。這種只可心悟（即「意會」）難以言傳的微妙複雜性，正是書法藝術抽象性的魅力所在，有挖掘不完的藝術內涵。

可以說，現代截句和少字數書法是兩種人人可操作的現代藝術，貌似最好寫，卻最難寫好。最好讀，卻又最難讀懂……。

## 四、現代截句和少字數書法的結合之可能性探微

詩與書法的結合本身就成就了一種新的藝術形式，同時充分展示出了藝術美的追求。儘管這種結合的過程中，存在著不同的觀點和矛盾，但是我們依然認為詩與書法的結合，能夠取得如今豐富的藝術性效果，主要在於這種矛盾產生的直接動力是書法與文學的結合，更加深了書法的精神內涵，使書法成為一種能夠表達深層意境和情操的民族藝術。如：蕭蕭的詩配上李憲專先生的書法，相互輝映，使讀者既能在閱讀短詩的中間休閒，也能在品讀書法的過程中體味詩之餘韻，這樣既開闊了相互的解讀空間，又豐富了閱讀的節奏，起到了一加一大於二的效果，不啻為雙贏的創舉（圖6、圖7）。

甚至，其中的書法作品是否也可以按照截句的某種方式，截取一塊，僅做形式上的考量，使欣賞者更多地關注到局部的存在價值以及與截句詩的聯繫性，跳脫書法本體之外，更多是作為一種設計的配角出現在詩集的印刷之中，也是一種有意義的嘗試（圖8）。

此外，少字數書法的很多書寫的內容題材可以從截句中尋求，畢竟現代截句中不乏妙語佳句，這都是書法表現題材的錦囊寶庫。

圖6　圖片來源：蕭蕭：《大自在截句》，臺北：秀威資訊科技股份有限公司，2018年，頁143。

圖7　圖片來源：蕭蕭：《大自在截句》，臺北：秀威資訊科技股份有限公司，2018年，頁37。

圖8　圖片來源：蕭蕭：《大自在截句》，臺北：秀威資訊科技股份有限公司，2018年，頁43。

　　當然，現代截句和少字數書法在現代語境中能否進一步結合，還有待進一步的探索，只要存在這種可能性，就有探索的價值所在。

## 五、結論

　　中國傳統藝術及其延伸的現代藝術形式，由於受到歷史文化和審美心理諸因素的影響，其藝術創作理念往往有著共同的審美追

求。它們在藝術創作的審美追求上表現出了諸多共性。文學和書法發展到現代，現代截句和少字數書法兩種藝術形式之間，也存在著類似古典詩歌和傳統書法類似的對照關係。從總體上看，雖然現代截句和少字數書法，這兩種藝術形式各有自己的發展規律；但從審美思想、創作方法和欣賞習慣上看，二者的交叉點很多。研究它們之間的審美共性特徵，有助於我們把書法藝術放在更為廣闊的空間去思考和探索，從而把握其創作規律，促進書法藝術得到更快更好地發展。通過與書法結合的形式，截句也可以得到更好地推廣。

在飛速發展的社會中，傳統文化以及其延伸的形式正漸被社會所體認，當代作家和書法家的活動日益受到社會各界重視。在藝術家職業化的當今社會，仍然需要把提高綜合素養放在一個很重要的位置。傳統文化之間相互聯結的血脈關係，發展到現在仍然相互作用著。詩與書法的對照不僅僅存在於歷史的範疇中，同時也存在於當下藝術的範疇中，更是存在于彼此的天然關係中，這是一種最為精華的文化結合，同時更是一種真正的藝術與文化的結合。

## 參考文獻

### （一）專書

1. 卡夫：《我夢見截句》，臺北：秀威資訊科技股份有限公司，2018年。
2. 田宮文平：《「現代の書」の検證》，東京：株式會社藝術新聞社，2004年。
3. 白靈：《野生截句》，臺北：秀威資訊科技股份有限公司，2018年。

4. 西中文：《書法傳統與現代論綱》，鄭州：河南美術出版社，2004年。

5. 袁行霈：《中國詩歌藝術研究》，北京：北京大學出版社，1987年。

6. 華正人編著：《歷代書法論文選》，臺北：華正書局有限公司，1997年。

7. 蕭蕭：《新詩創作學》，臺北：秀威資訊科技股份有限公司，2017年。

8. 蕭蕭提供之上課講義──《禪之截句》入選作品10首，2018年。

9. 蕭蕭：《大自在截句》，臺北：秀威資訊科技股份有限公司，2018年。

## （二）網路資料

1. 手島右卿：http://www.9610.com/dangdai/12/japan/shoudaoyouqing.htm/，2019/03/24擷取。

2. 杜忠誥：http://tuchungkao.com/，2019/03/24擷取。

3. 原野牧歌：〈以無法為有法，以無限為有限（評論截句）〉https://book.douban.com/review/7685981/，2018/12/09擷取。

4. 劉小龍：〈從邵岩「射墨」看「江湖書法」〉https://www.toutiao.com/i6608482371761078787/，2019/03/24擷取。

# 談截句的構成
## ——以《白靈截句》為例

林素甄

## 摘　要

　　詩句是詩人藝術生命的展現方式，而詩句其不同於白話語句或文言語句，主要是詩句具有其獨特的書寫表達方式，而這些表達方式，在詩的構成性質上，有不同的分類方法。本文將統整詩的構成方式為六大類，首先是詩的形象性，其次是音樂性，接著是繪畫性和建築性、最後則是意象性和思想性。然而詩句的形成又非單獨的構成性質可以代表的，所以在本文中也結合不同的構成性質來區分詩句的寫法，如音樂結合思想性的創作、繪畫性加上意象性的書寫手法、建築性配合意象性的鋪陳、形象性與音樂性共存共生等。又因截句始自截取詩句而來，雖然後來多為新的創作，但在截句中，亦可看出仍保有詩的構成特質，所以本文選用《白靈截句》裡的八首截句為例，來加以論述之。

**關鍵詞**：截句、詩性、詩的構成方式、詩的創作手法

# 一、前言

　　白靈（1951－），莊祖煌，福建惠安人，現任國立臺北科技大學及東吳大學兼任副教授。年度詩選編委，曾任臺灣詩學季刊主編五年，作品曾獲中山文藝獎、國家文藝獎、2011新詩金典獎等十餘項。[1]白靈於其截句自序中談到截句是截了小詩或長作，長度變短，卻變得更有彈力，更會彈跳，[2]也就是想像空間變得更寬廣。在閱讀詩句時，每個人腦中的畫面也許不一樣，想法不同，心得感受可能亦異，但是都能成立。讀詩時所產生的畫面、想法、心得等，沒有誰對誰錯，所以也就更能接近庶民，這是最重要的。否則，如果詩句深奧難懂不親民，只有少數人能看得懂、能了解，那就失去截句推廣的意義了。又因截句作家白靈求學階段及就業領域皆屬化工背景，所以他的創作發想，也許和其他文學背景的詩人很不相同，基於上述二因素，特別選用《白靈截句》作為本文探究之主要文本。接下來，就先探討詩句構成的性質，進而探析從《白靈截句》中所選取的八首截句。

　　在截句相關論述的書籍中，「截句」的生成，是由一首較長的詩中截取數句，通常是四行以內，其表現之美學正如古代的絕句。[3]對於截句的定義，既然肯定是由詩截取出來的，也有小詩的說法，雖後來多為新的創作，但大多仍保有詩句的特性，所以在此便引用詩的基本構成及其特性的分類法，來對《白靈截句》中具備

---

[1]　白靈：《野生截句》，臺北市：秀威資訊科技，2018。
[2]　白靈：《野生截句》，臺北市：秀威資訊科技，2018，頁9。
[3]　蕭蕭：《大自在截句》，臺北市：秀威資訊科技，2018，頁7。

這些性質及特性的八首截句進行探析。

　　首先，李瑞騰（1952－）談絕句的基本構成為：形象性、音樂性、意象性。[4]向陽（1955－）論詩之所以為詩，有四個衡量準則：即繪畫性、音樂性、建築性、思想性。[5]綜合以上兩位詩學家的論點，本文將從這六點詩的構成性質來探析《白靈截句》中的八首截句。一是形象性、二是音樂性、三是繪畫性、四是建築性、五是意象性、六是思想性。


## 二、論截句的形象性

　　形象性在截句中是指作品的藝術形象在具體生動方面所達到的程度，它不僅要求藝術形象是具體可直接感受出來的，而且要求藝術形象的外觀表現必須是很生動、很傳神而且栩栩如生的。也就是說作品的描述要貼近讀者的生活本質，並於其中展現出作者的意識和理想，使其更具有藝術形象。白靈於其《一首詩的玩法》中提及形象的選擇，可以是「過去印象的再現或重組、變形，乃至以想像創造出新形象。」[6]也就是如修辭學中所謂的「轉化」一詞，即是轉變事物的性質，化成一種截然不同的事物，加上作者的形容闡述，最常見的是「人性化」──擬物為人。[7]

---

[4]　蕭蕭：《大自在截句》，臺北市：秀威資訊科技，2018，頁6。
[5]　向陽：〈現代詩創作的四道門檻──詩的四性上〉，《印刻文學生活誌》（153期，2016年五月號，別冊），頁12。
[6]　白靈：《一首詩的玩法》，臺北市：九歌，2004，頁24。
[7]　黃慶萱：《修辭學》，臺北市：三民書局，2007，頁377。

〈詩是最好的情人〉

捻響星光，送十斤海濤
煮三兩風聲，鑄造最靜的吵

你在他身上用盡全力
而不虞受傷[8]

　　這首〈詩是最好的情人〉，把詩轉化為人，以人類戀愛的感覺
寫出對詩的依戀。第一行寫出用手指輕輕搓揉出星光的聲音，在我
們看起來星光是很微弱的，所以只需手指捻揉，即可以發出聲音，
動作大小「捻」與主詞「星光」配合得宜，他們都是有微小的感
覺；海濤是很難計算出大小的，作者以十斤來計算，跟人類對比來
說是提得動的重量，能貼近人們的生活。第二句煮三兩風聲，這三
兩的重量也是能夠裝進鍋子裡的重量，表示不多；接下來用「靜」
和「吵」兩個相對的字來點出其實鑄造的是靜。
　　捻、送、煮、鑄造，這四個動詞，與星光、海濤、風聲、吵鬧
聲，四個名詞，搭配得超乎想像，讓讀者腦中有著星光、海濤、風
聲、吵鬧聲，四個形象的動態畫面，也就是說這兩行句子在具體生
動方面，詮釋得栩栩如生，但又不會太超越人類所能負荷的程度；
加上第三、四句的即使用盡全力，也不虞受傷的形象，這首截句以
詩句的形象性成就詩作的美感。

---

[8]　白靈：〈詩是最好的情人〉，《白靈截句》，臺北市：秀威資訊科技，2017，頁25。

# 三、論截句的音樂性

詩和音樂的關係由來已久。《詩經》本來是民間歌謠和朝廷樂歌的總集，透過詩人們不斷的吟詠傳頌，所以詩歌有別於其他文學類別，最根本的元素正是它具有音樂性。音樂有音樂的節奏、旋律之美，詩句也有其節奏、旋律動人之處。詩的節奏如音節，旋律如平仄的運用。現代詩的音樂性，是指作品中，節奏和聲韻的協調，使讀者於朗誦時能產生共鳴。[9]而這對詩產生的共鳴，就如音樂讓我們能產生共鳴一樣。

現代詩中的音樂性，是如何達成和創造的？能識音律的詩人當然是有，在此先不列入討論的範圍，而是將取用詩學中的聲律特點，適合於現代詩句中的部分，分成以下三方面來探究。首先，是情感和韻律的對應；其次，是音節的組合；最後，即是類似近體詩的押韻或「襯韻」現象。[10]

## （一）情感和韻律的對應

情感和聲韻要有某種對應的關係，心靈才能通過韻律獲得感性的表徵，韻律通過心靈獲得生命流動的滿足。[11]我們常看到出生不久的嬰兒，即會隨著音樂節奏舞動，人類的韻律感是天生的，只是大多數人都怯於表現。詩句的情感和韻律是較內斂的，大多要結合生活經驗才能有所感觸。

---

[9]　江依錚：《現代圖象詩中的音樂性》，臺北市，秀威資訊科技，2012.12，頁77。
[10]　張夢機：《古典詩的形式結構》，板橋市：駱駝出版，1997，頁59。
[11]　吳戰壘：《中國詩學》，臺北市：五南，1993，頁190。

〈悟〉

　　木魚在手指頭反覆啟發下
　　啄亮了經書的咒語
　　小沙彌雙掌用力一推
　　敲響了木樁中最初那句鐘聲[12]

　　這首詩的第一句「木魚在手指頭反覆啟發下」，並沒有講到敲
這個動作，但是我們依情感經驗便可以感受到木魚扣扣的聲響；第
二句「啄亮了經書的咒語」中，雖然沒有用我們一般常說的「念咒
語」，但在讀者的腦海中咒語聲依舊呢呢喃喃；最後二句「小沙彌
雙掌用力一推，敲響了木樁中最初那句鐘聲」，一朗讀完詩句，彷
彿就接收到寺廟每日的晨鐘聲一般，可見詩句中將情感和聲韻搭配
結合，就能讓讀者感受到音樂性，不須明明白白的將聲音寫出來。

## （二）音節的組合

　　音節的組合是詩句形成外部節奏的重要因素。漢語一字為一音
節，通常以二個音節組合為一個音步、或稱一頓。頓表示一個節奏
單位，或略作停頓，或慢聲吟誦。[13]這些停頓點不僅是閱讀中喘息
的功能，更是分辨詞意的依據，一旦頓錯位置，詞意便會不同了。

　　〈群英會──在龍人古琴村〉

---

[12]　白靈：〈悟〉，《白靈截句》，臺北市：秀威資訊科技，2017，頁51。
[13]　同11，頁170。

一輪／圓月／當空／說法
群蛙／鼓唱　溪水／興奮
啤酒／被叫得／盡是／泡沫
遠山／哈欠　拉雲／掩肩／睡去[14]

　　這首〈群英會──在龍人古琴村〉，大都是以二音節一頓的方式書寫，頓的劃分兼顧音節的整齊和意義的完整，只有第三句「被叫得」是三音節一頓，或許也可改為「叫得」二字，但其意思可能未能盡詩人所意了。音節的組合方式對現代詩而言，並無似於近體詩那樣來得有約束力，因此本首截句的音節組合已經算很規律了。

## （三）似近體詩的押韻或「襯韻」現象

　　押韻也是形成中國古典詩歌聲律美的重要元素，在字、詞在音響上彼此呼應，或密集出現的幾個母音和子音，也相互應答碰撞而產生音律。如：

〈霞〉

昏紅的閉幕式開始了
我是前來撞鐘的蝙蝠

---

[14]　白靈：〈群英會──在龍人古琴村〉，《白靈截句》，臺北市：秀威資訊科技，
　　　2017，頁49。

黑夜強酸，足以溶翅

來，舞是飛的起手式[15]

　　這首〈霞〉，在它的三行及的四行的結尾—翅、式，雖無相同韻母，但皆為翹舌音，即是以近體詩的鄰韻，[16]作「襯韻」的書寫方式，因此唸起來能相應答碰撞，朗誦起來很順口，可歸屬於音響呼應的音樂性表現。

## 四、論截句的繪畫性

　　古典詩通過圖象來表現，以詩佛王維為最顯明的代表，他的詩被譽為「詩中有畫，畫中有詩」。杜甫名句：「星垂平野闊，月湧大江流。」這二句寫的是江邊夜野的景觀，氣勢渾雄，「星、平野、月、大江」就構成了完足的詩意。馬致遠的〈天淨沙・秋思〉：「枯藤老樹昏鴉，小橋流水平沙……」讓讀者完全浮現詩中的畫面，其中「枯藤、老樹、昏鴉、小橋、流水、平沙」幾個景物元素的運用明顯地呈現秋色寂靜、蒼茫的詩意。[17]

　　所以也可以說：詩是有聲的圖畫，圖畫是無聲的詩。詩的繪畫性可以分三層來談。在最表層來看，便是原始圖象，顏色、花朵的意象可以直接從文字上讀出來。第二層推進意義與象徵的層次，用百合代表純潔，玫瑰則是愛情的化身。第三層便深入到文化的內涵，同樣是白花的意象，在中國文化中代表著死亡，在西方文化

---

[15]　白靈：〈霞〉，《白靈截句》，臺北市：秀威資訊科技，2017，頁157。
[16]　張夢機：《古典詩的形式結構》，板橋市：駱駝出版，1997，頁60。
[17]　呂自揚：《中國詩詞名句析賞辭典》，高雄市：河畔出版社，2014，頁360。

情境裡則代表著純潔。所以意象的解讀，必須放置在文化脈絡下來看。

　　截句通常不會只單純存在繪畫性，在短短的四行中總會有一二句加入其他的構成因素。以白靈截句而言，屬於繪畫性的很多，大部分的截句都含有繪畫性的成分，不同的是在於它繪畫的空間大小，是浩瀚無垠的宇宙空間，或是像遠山虛無縹緲的遠景，或是屋旁田野的中景，亦或是擺在眼前的靜物似的近景。以下舉例探究：

〈逝〉

秋陽靜靜撒下大批麻雀
一粒一粒啄光了蟬聲

鐵馬遠去　把男孩包裹入
一條風景裡[18]

　　這首〈逝〉的前兩句，說出了秋收季節，黃金稻田上，一大批的麻雀搶食成熟稻穗的畫面；後兩句則在訴說男孩騎著單車在稻田中的小路上，越騎越遠，影像越來越小，終於消失在稻海的盡頭。本截句的畫面宛如電影鏡頭緩緩轉換，帶給讀者一種詩境如畫境的繪畫性感受。

---

[18]　白靈：〈逝〉，《白靈截句》，臺北市：秀威資訊科技，2017，頁97。

# 五、論截句的建築性

在一首詩中，其詩句的組成，就好像建築師規劃設計一棟建築一般。一座具有美學價值的建築物，也許是使用現代主義平衡、宏偉的風格設計；也許是運用後現代主義，在建築當中破壞某個部分，造成突兀感……，當這些建築物展現在我們的面前時，我們會讚嘆、驚呼，甚至感到崇敬，就在於它們具備了結構之美。而詩利用文字及語詞的建構與解構，來築出詩句的架構，就如同蓋建築物一樣，詩人和建築師都有著自我堆疊的邏輯思想存在。蕭蕭於《現代詩學》中提出一個觀點：層疊便是美，不論是字句、形式或物類的層疊皆是。在詩中，造成層疊的方法有很多，最基本的是字或句的反覆，也就是修辭學中的「類疊法」。[19]

音樂、繪畫都是藝術的範疇，詩句的堆疊，就像在構築有美感的建築物一樣，字疊字、詞疊詞、句疊句，正有正的美，歪斜有歪斜的俏，都足以表示這首截句的建築性。

〈樹木銀行〉

每株樹都是一座銀行
葉子的花的，種子的蟲子的
蟬的風聲的雨滴的樹影的

木在天地間，於我的胸膛上展開[20]

---

[19] 蕭蕭：《現代詩學》，臺北市：東大，2003，出版二刷，頁199。
[20] 白靈：〈樹木銀行〉，《白靈截句》，臺北市：秀威資訊科技，2017，頁50。

這首詩中堆疊的詞句很多，「葉子的花的，種子的蟲子的，蟬的風聲的雨滴的樹影的」，就是採用「類字」的堆疊，一共疊了八層，有如運用文字建造了一座高樓，實物疊完換虛物，這一物又一物的往上疊，虛實交錯，就如蓋房子一樣，從地面一層一層的往上蓋，或凹或凸，或實或空，也就是突顯出詩句中的建築性之美了。

## 六、論截句的意象性

意象是中國古典詩歌的一個重要範疇，它不同於客觀的物象，也不是主觀的心態，而是客觀物象和主觀情志相統一的產物。從詩歌抒發情志的性質說，則是寄意於象，以象盡意。[21]古人以為意是內在的心意，意源於內心，藉助於象來表達內心的感受，象其實是意所寄託外顯之物，這即是詩句的意象性。從修辭學的角度來說，就是以「摹況」[22]的方式來描寫各種境況、情況，以表現出作者的意念。在中國傳統詩論中，其實是指寓情於景、以景托情、情景交融的藝術處理技巧。意象與美有著不解之緣，詩句具有美的意象，才能給讀者美感。能否創造出新穎獨特的美的意象，是詩成功與否的標準之一。

詩句中表達意的象可以有很多，不管是花草樹木、蟲鳴鳥獸、山川河海、或是生活中常見的事物等，都有可能成為詩句中代表意的表達物體。蕭蕭（1947－）於《現代詩學》中論及，「意象是詩的第一個面貌」，「詩要能感動人，必須出之以意象。」[23]

---

[21] 吳戰壘：《中國詩學》，臺北市：五南，1993，頁26。
[22] 黃慶萱：《修辭學》，臺北市：三民書局，2007，頁35。
[23] 蕭蕭：《現代詩學》，臺北市：東大，2003，初版二刷，頁165-167。

〈漣漪回頭〉

一定有一顆小石頭或尖或滑
沉沉睡著在每個人心湖底
漣漪早早上岸
石子仍在湖心　緩緩變形……[24]

　　這首詩中的「小石頭」可以解釋為代表人心，他的尖又滑即代表人性的尖酸與柔順的一面，「沉沉睡著在每個人心湖底」，即是說人性早就深植在每個人的心底，「漣漪早早上岸，石子仍在湖心　緩緩變形……」，則是人們一閃即過的小念頭，陳放在心裡頭，隨著時間的改變，思想也就隨著改變。「小石頭」就是人心象的表徵，「漣漪」則是指心理細微的活動，或是一瞬間念頭的代表的象，因此這「小石頭」、「漣漪」，就構成這首截句中的意象性了。

## 七、論截句的思想性

　　一首詩要有圖畫、有意象、有音樂節奏、有建築結構，更要有內涵。思想性就是一首詩最重要的內涵。古代詩人用文言寫詩，現代詩人用白話寫詩，語言大不相同，但在內涵上的要求則是相通的。好的詩，都具備思想性，那是詩人的人生觀、世界觀的具體呈

---

[24]　白靈：〈漣漪回頭〉，《白靈截句》臺北市：秀威資訊科技，2017，頁60。

現，不管是言情、明志或是嘲諷，文字表現得越深刻，越能對讀者產生啟發作用，就流傳得越長久。

五代馮延巳的〈謁金門〉：「風乍起，吹皺一池春水」，風忽然吹起來，把一池的春水都給吹皺了。字面意思看似簡單易懂，卻有諷人多管閒事的意涵。[25]從古人至今人，從古文至現代詩，文人在表情達意上，常是拐好幾個彎，來表達出心中的想法。思想性就是一首詩最重要的靈魂與內涵，有內涵的詩能發人深省，也能淵遠流傳，也就能增強它的價值性。


〈影響〉


歷史再高的浪
時間都是最好的消波塊

如果海星伸足擋得住一朵雲
如果蛞蝓能爬行天空一整年[26]


海浪因消波塊而破碎，在這首詩的前兩句「歷史再高的浪，時間都是最好的消波塊」，隱喻了歷史的消波塊是時間，時間能沖淡一切，歷史會被時間消磨掉、化解掉，多少帝王的豐功偉業，多少英雄豪傑的英勇偉大的事蹟，都會因時間而消逝；後兩句「如果海星伸足擋得住一朵雲，如果蛞蝓能爬行天空一整年」，句中用不可能發生的假設性事件，來加強事件必定消逝的語氣。由以上說明可

[25] 呂自揚：《中國詩詞名句析賞辭典》，高雄市：河畔出版社，2014.03，頁375。
[26] 白靈：〈影響〉，《白靈截句》，臺北市：秀威資訊科技，2017，頁99。

以看出，整首截句在前二句即表現出它的思想性，歷史或再偉大的成就或事蹟，也不過如此而已，不需要太在意它，有勸人豁達的意味。

## 八、截句構成要素的搭配運用

截句的構成元素，在前面幾個章節所舉的例子中，可以看出——每首截句或是每句詩句，並非由一單一構成元素即可完全解釋涵蓋得了，它也許具備了二種或者三種以上的構成元素。以下提出幾個前面章節談論過的截句為例，試著再找出與其他詩句構成元素可以交相搭配的可能：

### （一）音樂性加思想性

在〈悟〉這首截句中，最後二句「小沙彌雙掌用力一推，敲響了木樁中最初那句鐘聲」，這小沙彌推的可解釋為是他心中的雜念，唯有撇開了雜念，才能讓他有返回皈依時拋開世俗煩憂所持的那份初衷。因此這首截句，除了前兩句包含了木魚聲及咒語聲的音樂性之外，鐘聲也不只是鐘聲的意義而已，是以隱喻來內蘊深層拋開雜念的思想性。江依錚於《現代圖象詩中的音樂性》一書中也提到：「新詩創作多元，探討詩句的音樂性必須以情感的流通為輔助，和詩人達到心靈上的相通與共識，藉著所產生的共識整理出它所帶給我們的音樂感受。」[27]在〈悟〉這首截句中，我們可以從木魚聲、咒語聲、鐘聲中看出它是具有音樂的共鳴，從「小沙彌雙掌

---

[27] 江依錚：《現代圖象詩中的音樂性》，臺北市：秀威資訊科技，2012.12，頁77。

用力一推，敲響了木樁中最初那句鐘聲」中感受其中流露出情感的思想性。

## （二）繪畫性加意象性

〈逝〉這首截句，在前一章節論述中，他具備了繪畫性構成元素，但很多的詩句構成並非如此單純。然而，在第一句的撒下大批的「麻雀」中，這「麻雀」在生活的隱喻中是吵雜的聲音，第二句的蟬聲也是不遑多讓的，此兩者雖然發出不小的聲音，但並不代表音樂性，而是象徵著夏天已離去，並呼應了第一句的「秋陽」二字，可以歸類為意象性的構成方式。所以可以說〈逝〉這首截句，它是具有繪畫性及意象性的。

## （三）建築性加意象性

在〈樹木銀行〉這首截句中，第一句「每株樹都是一座銀行」，一般我們對「銀行」的理解是存放很多金錢的地方，在此句的說法—樹＝銀行，也可以解釋為樹具有包容性，包容了葉子、花、種子、蟲子、蟬、風聲、雨滴、樹影的依附、吵鬧或任性；也可以說成樹像母親一樣保護著葉子、花、種子、蟲子、蟬、風聲、雨滴、樹影的成長茁壯與消逝。在此「銀行」就是樹隱喻中的「象」，代表著富有或是包容性很強的意思。那這首截句的二、三句在前一章節中即歸類為建築性的詩句的構成方式，因此可以理解出這首截句構成元素，包含了建築性與意象性，是很清楚的。

## （四）形象性加音樂性

在〈霞〉這首截句中，前面章節所說明、歸納的是它具有類似

近體詩的押韻或「襯韻」現象,並相互應答碰撞而產生音律的音樂性。這裡主要是針對第三句和第四句句尾的韻母而言,第一句完全完全沒發揮到它的作用。其實,「昏紅的閉幕式」,就完全把晚霞的藝術形象提升到了極至,讓讀者腦中出現滿滿昏紅的晚霞景象,太陽漸漸西落於天的盡頭,多麼浪漫、唯美的畫面隨即湧出,句子的形象性也就形成了。

## 九、結論

詩的構成要素為詩句創作的靈魂,小詩或截句亦同,倘若截句中不包含一二種以上詩的構成因子,如形象性、音樂性、繪畫性、建築性、意象性及思想性等,則這首截句難以作為一首好的截句,也許是用詞粗糙、語句過於直白或不具想像空間。

本文所引用的白靈截句中可以發現──每一首截句,甚至一句詩句,都包含了一、二種以上的詩句構成要素。楊昌年於《臺灣現代詩自然美學》代序中提到:

「雖然內涵意識是文學創作的精神骨髓,但也必須附麗於血肉丰采的精美形式之上始克為功。」[28]相信白靈於創作中,應該不是先設定好構成要素,再寫出詩句的。好的詩句,應該是於作者創作的一剎那,它就已經具足詩的構成要素,才能成詩被傳頌。而且詩句之所以稱作詩句,他的語詞結構必不同於白話文,詩句裡的形象性、音樂性、繪畫性、建築性、意象性及思想性等,常用一種跳躍、省略的用法。蕭蕭(1947─)於1998年出版的《現代詩學》中

---

[28] 羅任玲:《臺灣現代詩自然美學:以楊牧、鄭愁予、周夢蝶為中心》,臺北市:爾雅,2005,頁5。

亦論及，詩以含蓄為貴，點到為止的書寫手法，才能讓讀者有想像的空間，[29]也許讀者還能悟到與作者不同的思考方向，這才是讀詩或讀截句樂趣之所在。

　　杜十三[30]（1950－2010）於白靈《世紀詩選》的序文中提及：詩創作與其他的藝術創作都一樣，都是詩人或藝術家生命結構的投射。[31]每位詩人的詩句創作都隱藏了詩人的個人特質、文學造詣、情感及思想等方面的涵養，且能具體表現於作品中。在所選及的白靈截句中，相信每首截句都是詩人思想的投射，極可能也糅合了白靈他的化工專業背景相關在其中，豐富詩的語言和內涵。最後提出白靈於其《世紀詩選》的序文中說出自己的詩觀，作為本文總結：

> 詩之於人生，猶如廣場之於都市，湖泊之於群山，空白之於國畫，足以舒坦擁擠、繁華單調、推拿精神、建築共鳴。
> 筆下二三稿紙
> 胸中十萬燈火[32]

　　白靈的詩觀，認為詩在其人生中是不可或缺的點綴，他的生命因詩而精采。

---

[29]　蕭蕭：《現代詩學》，臺北市：東大，1998，頁213。
[30]　杜十三（本名黃人和，1950.12.5－2010.9），臺灣南投縣竹山鎮人，臺灣新詩作家。
[31]　白靈：〈序文〉，《世紀詩選》，臺北市：爾雅，2000，頁18。
[32]　白靈：〈序文〉，《世紀詩選》，臺北市：爾雅，2000，頁4。

# 參考文獻

丹青編輯部：《唐詩的滋味》，臺北市，丹青圖書公司，1982。

白靈：《世紀詩選》，臺北市：爾雅，2000。

白靈：《白靈截句》，臺北市：秀威資訊科技，2017。

白靈：《野生截句》，臺北市：秀威資訊科技，2018。

江依錚：《現代圖象詩中的音樂性》，臺北市：秀威資訊科技，2012。

向陽：〈現代詩創作的四道門檻──詩的四性上〉，《印刻文學生活誌》，2016年五月號別冊，153期。

吳戰壘：《中國詩學》，臺北市：五南，1993。

呂自揚：《中國詩詞名句析賞辭典》，高雄市：河畔出版社，2014。

張夢機：《古典詩的形式結構》，板橋市：駱駝出版，1997。

黃慶萱：《修辭學》，臺北市：三民書局，2007。

蕭蕭：《現代詩遊戲》，臺北市：爾雅，1997。

蕭蕭：《現代詩學》，臺北市：東大，1998。

蕭蕭：《大自在截句》，臺北市：秀威資訊科技，2018。

羅任玲：《台現代詩自然美學：以楊牧、鄭愁予、周夢蝶為中心》，臺北市：爾雅，2005。

# 詩田裡植物意象之經營
## ——以葉莎截句與王維絕句為例

曾秀鳳

　　本研究以文本閱讀、比較、分析並做歸納整理，以《葉莎截句》一書中和王福耀選注之《王維詩選》作者採植物入詩的作品進行比較分析與歸納整理。合計採錄葉莎21首截句和王維26首絕句作為研究主要文本，進行植物在這些詩作中如何被運用來呈現，色彩、季節、情感寄寓，以凸顯兩位詩人透由詩作想呈現的情感、生活體悟與佛道哲學思維。

　　研究發現有三：〈一〉題材選用方面：王維和葉莎皆喜以植物入詩，葉莎偏愛花，王維偏好樹，尤其是柳樹。葉莎的花活潑淘氣，王維的柳樹則多離別；〈二〉在色彩與意象呈現方面，兩人皆偏愛綠色，佔詩作大多數，呈現較為平和質樸的情感；〈三〉在季節與主題意象之呈現，兩位作家都喜引植物入詩來明內在心志，展現喜怒哀樂悲歡離合，更藉詩以闡述禪悟佛道與生命深層思考。

**關鍵詞**：截句、意象、植物、寫景、禪悟

# 一、前言

截句是新體詩的一種形式。蔣一談（1969－）這位提出截句為新詩體的主倡者，認為截句和絕句不在同一個時空中，卻和俳句和新體詩歌有很多聯繫。[1]李瑞騰（1952－）主張絕句應具有形象性、音樂性和意象性，而目前臺灣推展的截句，寫成四行和古代的絕句表現美學有所雷同，因此不管是「截」或是創作，得要獨立成詩，以小搏大。[2]而蕭蕭（1947－）則認為蔣一談說的截句重視的是金句響亮，不重視篇章的照應。[3]秀實（1954－）覺得堅持截句應在創作上，是詩人在追求詩歌創作上的一種形式喜好，但若是沾上唐人絕句（截句）與律詩的關係，就更牽強附會。[4]

林文欽（1944－）曾經談到意象是詩的本體，詩的活細胞，若是沒有意象也就沒有詩。[5]吳戰壘（1939－2005）在《中國詩學》討論到：人的情感體驗是一種具體的也有具體內容，如，「我愛」、「我恨」等，只說「愛」、「恨」、「愁」僅是一種概念，別人無法感知，所以無從感動。小說的敘事往往可以做深入的鋪陳，深入人心；但是詩歌對於情感體驗抒發無法像敘事文本那樣的鋪

---

[1] 蔣一談：〈截句一種生活方式——關於截句的思考與回顧〉，《現代截句詩學研討會會議論文集》，2018，頁3。

[2] 李瑞騰：〈截句作為一種詩的類型〉，《現代截句詩學研討會會議論文集》，2018，頁1。

[3] 蕭蕭：〈七首截句所呈現的臺灣新詩浮流〉，《現代截句詩學研討會會議論文集》，2018，頁1。

[4] 秀實：《【推薦序】截句的一種嶄新模式——讀葉莎《幻所幻截句》》，葉莎：《幻所幻截句》，2018，頁9。

[5] 林文欽：〈第二篇　鑑賞教學的重點——認識詩的意象〉，《現代詩的鑑賞教學研究》，高雄市：春暉，2000，頁63。

張，概括性的意象是其主要訴求。[6]當然有了意象，不一定就是一篇好的文學作品或是一首好詩。把意象作為詩學的核心的簡政珍（1950－），在《詩的瞬間狂喜》表示詩最依賴意象的經營，而且環環相扣，或可說詩的語言就是意象的語言，而意象思維是詩賴以存在的重要元素。[7]

似乎不同的時代有他們經營意象的符碼，不同詩人也有他們偏好的意象符碼，而表達不同情感採用的意象符碼也不同，每個詩人偏好的取材和意象運用的符碼亦不同。

近日閱讀一些臺灣截句後，發現白靈慣用他化學的專長，把截句的詩句語言和化學元素現象，甚至定義公式做結合，形成他獨特的截句特色；而雲朵則是採用照片和她溫柔的語言特質，來呈現她不以題目呈現的不特定對應之截句；新加坡的卡夫〈杜文賢〉，則是塗滿整篇的愁苦，要人相信這個社會生病了，政府已腐敗，人們需要正視並關切此事。

讀了這些截句詩集後，筆者發現葉莎這位女詩人，在2013年之前她還是一個工廠裡的員工，每天處理非常機械性的事物，內心感到枯乾而無趣，直到她的詩被看見，在文壇稍微立足時，她才毅然辭掉工作，開始寫作生涯。愛攝影的她，會帶著相機四處去旅遊，照片或是化為畫作，或是成為詩篇。[8]她拍山拍河拍海拍田，對於大自然有無限喜愛，並且從大自然反溯人生做思維反省的她，在許多詩作中，採用植物來為她編織情感和生死哲思主題的意象。

讓植物入詩這個現象恰巧與唐朝山水詩人／畫家王維（701－

---

6　吳戰壘：〈3意象〉，《中國詩學》，臺北市：五南，1993，頁25。
7　簡政珍：《詩的瞬間狂喜》，臺北市：時報文學，1991，頁100。
8　客家電視《暗香風華》EP150專訪葉莎：葉莎——詩於我，也是藥也是路，2018年3月28日，網路搜尋https://www.youtube.com/watch?v=ZicV3w8Elmw，2019/03/03擷取。

761）不謀而合。因此筆者選取他們的詩作做現代截句與古代近體詩絕句的比較對照。期待能從他們以植物為意象的詩作，把梳整理並比較現代截句詩和絕句，在植物題材所呈現的特色與情感表現方式為何。

王潤華（1941－）在〈王維桃源行詩學〉文中，曾談論一個觀點，他認為王維的〈桃源行〉與王維其他作品，類似美國現代田園詩人佛洛斯特（Robert Lee Frost，1874－1963）那樣。佛洛斯特長期生活在美國東北新英格蘭的一個鄉下，晚年住在佛爾蒙特一片三百畝農場裡的一間小屋裡，他晚年詩作大多以這兒的農村和牧場作為背景，鄉土味極濃。[9]佛洛斯特在他第一本詩集《少年心事》，和第二本詩集《波士頓以北》，其中都有一首詩叫做〈牧場〉，

〈the pasture〉

i'm going out to clean the pasture spring;

i'll only stop to rake the leaves away

（and wait to watch the water clear, i may）：

i sha'n't be gone long.──you come too.

i'm going out to fetch the little calf

that's standing by the mother. it's so young,

it totters when she licks it with her tongue.

i sha'n't be gone long.──you come too.[10]

---

9　王潤華：〈王維詩學〉，龔鵬程主編：〔古典詩歌研究彙刊 第11冊〕，新北市：花木蘭文化，2010，頁1。

10　弗羅斯特經典英語詩歌代表作：The Pasture牧場（雙語），網路搜尋http://3g.en8848.com.cn/read/poems/mjsg/199238.html，2019/03/03擷取。

〈牧場〉

我去清理牧場的水源，
我只是去把落葉撩乾淨，
（可能要等泉水澄清）
不用太久的──你跟我來。
我還要到母牛身邊
把小牛犢抱來。它太小
牛舐一下都要跌倒。
不用太久的──你跟我來。[11]

　　之後，他出版的詩集都會把這首詩放在扉頁，作為卷首詩。王潤華認為這首詩的放置，是因為這首詩裡有兩種聲音，一種是詩人邀請讀者進到他的詩作；另一個聲音是農人邀請某人到他的牧場來體驗牧場日常生活。兼具兩種身分的佛洛斯特，則是鼓勵我們參與他並了解他詩作中的田園世界。因此這首詩成為母題──宛如一個母親牽引著所有的詩作，呈現一種母子關連，找到這個母題便尋得一把解讀詩人作品的鑰匙。[12]

　　無獨有偶，王維逝世後，他的弟弟王縉整理他的作品《王右丞集》出版，王潤華發現在王維的作品裡有一首〈桃源行〉與他其他作品的關係都比佛洛斯特〈牧場〉做為母題的關係要密切得多。[13]

---

[11] 同6，頁2。
[12] 同6，頁2。
[13] 同6，頁3。

〈桃源行〉

漁舟逐水愛山春，兩岸桃花夾古津。
坐看紅樹不知遠，行盡青溪忽值人。
山口潛行始隈隩，山開曠望旋平陸。
遙看一處攢雲樹，近入千家散花竹。
樵客初傳漢姓名，居人未改秦衣服。
居人共住武陵源，還從物外起田園。
月明松下房櫳靜，日出雲中雞犬喧。
驚聞俗客爭來集，競引還家問都邑。
平明閭巷掃花開，薄暮漁樵乘水入。
初因避地去人間，更問成仙遂不還。
峽裏誰知有人事，世中遙望空雲山。
不疑靈境難聞見，塵心未盡思鄉縣。
出洞無論隔山水，辭家終擬長遊衍。
自謂經過舊不迷，安知峯壑今來變。
當時只記入山深，青谿幾度到雲林？
春來遍是桃花水，不辨仙源何處尋。[14]

　　王潤華認為王維這首〈桃源行〉建構了他的田園山水詩學世界，這是他的詩學法則，可據以解讀王維的全部詩作。筆者未讀遍王維詩作，無法理解學者王潤華所言的合理程度為何？但在閱讀過

---

[14] 〔清〕蘅塘退士選輯；〔清〕章燮注疏；〔清〕陳婉俊注解；林宏濤、陳名珉校勘：《唐詩三百首》，臺北市：商周，2018。

部分王維以植物入詩的絕句，發現王維在入世與禪學哲想的確是與〈桃源行〉裡的主人翁，有幾分相似性，若把王維歸類為田園山水詩人，一點也不為過。

　　因著筆者自身對於植物在詩作中表現的愛好，本研究將以文本閱讀、比較、分析並做歸納整理，來呈現研究結果。葉莎的截句創作目前有2本，依出版順序先出版的是《葉莎截句》，[15]然後《幻所幻截句》，[16]筆者選擇《葉莎截句》作為本文的主要研究文本，原因有二，一這是葉莎的第一本截句著作，具有她個人進軍截句詩壇里程碑的代表性；另一原因是《幻所幻截句》採一照片一截句的編輯方式，可能提供讀者更多的詩作訊息，卻也可能匡限讀者的想像和視野角度。所以最後還是決定採用《葉莎截句》作為主要解析文本，雖對於葉莎著作之詮釋恐有掛一漏萬之嫌，仍得割捨。本文一共篩選出葉莎採用植物作為符碼的詩作21首〈見附錄一〉，作為與唐王維絕句比較分析之所本。

　　坊間對於王維的選集版本也極多，而由王維弟弟王縉所編輯成冊的《王右丞集》更是幾乎囊括王維所有詩作，有鑑於詩作數量過於龐大，恐非此小論文所能掌握的。以筆者能力所及，收集到有關王維詩作賞析的相關著作有邱燮友註譯的《新譯唐詩三百首》、[17]蘅塘退士選輯的《唐詩三百首》、[18]高明總編審的《唐詩新賞3王維》，[19]以及王福耀選注之《王維詩選》，[20]多所比較後，發現邱燮友註譯的《新譯唐詩三百首》和蘅塘退士選輯的《唐詩三百首》，

---

[15]　葉莎：《葉莎截句》，臺北市：秀威資訊科技，2018。
[16]　葉莎：《幻所幻截句》，臺北市：秀威資訊科技，2017。
[17]　邱燮友註譯：《新譯唐詩三百首》，臺北市：三民，2006。
[18]　同12。
[19]　高明總編審：《唐詩新賞3王維》，新北市：錦繡出版，1992。
[20]　王福耀選注：《王維詩選》，臺北市：遠流，1988。

一樣選用王維的五言絕句5首，七言絕句1首，共6首。高明總編審的
《唐詩新賞3王維》選錄王維的五言絕句5首，七言絕句4首，以上所
選絕句雖然都為王維詩作中的精品，但數量總數都不及王福耀選注
的廣度，王福耀選注之《王維詩選》中五言絕句選錄28首，共有18
首提到植物意象〈見附錄二〉；七言絕句4首共錄13首，共有8首談
到植物，此書不但絕句數量多而廣，且選用的詩作都已涵蓋前面所
提，故選為主要解析文本。

　　本研究合計採錄葉莎21首截句和王維26首絕句作為研究主要文
本，進行植物在這些詩作中如何被運用來呈現，色彩、季節、情感
寄寓，以凸顯兩位詩人透由詩作想呈現的情感、生活體悟與佛道哲
學思維。

## 二、植物作為題材之選用特色

### （一）花的題材

　　在葉莎截句中，可以發現葉莎運用的花種類〈見表一〉有〈梅
花鹿〉的梅花、〈聽過一種鳥聲〉的白杜鵑、〈訪友〉和〈春天的
事〉的櫻花、〈世事〉嫩百合、〈早晨〉山茶花、〈綠繡眼〉紅
梅、〈鬼針草〉花、〈野花〉野花、〈東窗是花〉茉莉、〈熄燈〉
花、〈荷〉的荷等，在她21篇有選用植物的詩篇裡共計13篇提到
花，其中櫻花出現2次，沒有特定名稱的花或野花也出現2次，其他
的花名都有所指稱。概述如下：

　　　　屬於春天的花有白杜鵑、櫻花、嫩百合
　　　　屬於夏天的花有茉莉、荷

出現屬於秋天的花〈水鳥〉殘荷

屬於冬天的花有梅花、山茶花、紅梅

不分季節的花、野花、鬼針草

　　王維詩作在花的題材呈現上，不若葉莎的五彩繽紛，有〈鳥鳴澗〉桂花、〈辛夷塢〉芙蓉花、〈息夫人〉花、〈崔九弟欲往南山馬上口號與別〉桂花、〈闺人贈遠其一〉花等5篇，其中桂花出現兩次，不特定的花出現兩次，芙蓉花出現一次。

## （二）樹的題材

　　葉莎截句中出現和樹有相關的共有2篇，分別是〈死亡〉的森林和〈鳥的幸福〉中的枝椏。

　　王維詩作在樹的題材呈現上，則是大放異彩〈見表二〉。共有18篇，分別是，〈萍池〉的垂楊、〈文杏館〉的文杏、〈鹿柴〉的森林、〈柳浪〉的柳、〈竹里館〉的深林、〈漆園〉的數枝樹、〈雜詩二〉的寒梅、〈闺人贈遠其一〉的柳、〈闺人贈遠其二〉的綠樹、〈少年行〉的垂柳、〈九月九日憶山東兄弟〉的茱萸、〈與盧員外象過崔處士興宗林亭〉的綠樹和長松、〈送元二使西安〉的柳、〈送沈子福歸江東〉的楊柳、〈寒食汜上作〉的楊柳、〈菩提寺禁，裴迪來相看，說逆賊等凝碧池上作音樂，供奉人等舉聲便一時淚下，私成口號，誦示裴迪〉的秋槐、〈秋夜曲〉的桂魄〔指的是月亮上有桂樹〕；其中尚含有兩種樹以上的〈孟城坳〉的古木和衰柳。

　　在王維18篇選用樹木的詩作中，文杏出現1次，寒梅、茱萸、長松、秋槐、桂各出現1次，不特定樹種的森林、深林、數枝樹、

綠樹、古木共出現6次，有關於楊、柳的樹合計8次，垂楊出現1次，垂柳1次、衰柳1次、柳出現2次、楊柳出現2次。

對比於葉莎截句，可以知道王維以樹作為絕句題材是有所偏好，且因為柳樹在古時候有送別離別的象徵，楊柳出現8次之多，似乎也道出王維生活中常有送別，原因或是升官或是貶遷，亦有帶兵遠征的親友，有的是馬上可以再見，有的是一別就是生死一線。

## （三）草和葉的題材

葉莎截句中出現和草、葉有相關的共有7篇，〈同意〉的葉脈、〈此生〉葉、〈小草〉小草、〈致老屋〉嫩葉、〈門〉新葉、〈預兆〉青草、還有〈鳥的幸福〉草原（此篇同時也出現樹的題材）。

對照葉莎以草和葉入詩的偏好，王維〈送別〉的春草和〈山中〉的紅葉則是少數出現在他絕句中的植物或植物局部。

## （四）其他植物的選用

在葉莎截句中，有花有樹還有草和部分葉，但沒有其他種類的植物入詩。

卻不得不驚訝王維作詩並不吝於採用多種植物入詩，如〈萍池〉的綠萍、〈鹿柴〉的青苔、〈與盧員外象過崔處士興宗林亭〉的青苔、〈白石灘〉的綠蒲、〈竹里館〉的幽簧、〈相思〉的紅豆。青苔出現2次，其他種類植物幾乎也都是出現在王維的生活環境裡，好像信手拈來，也都能入詩。

綜上，可以發現王維和葉莎兩人都喜歡以植物入詩，葉莎偏愛花，王維偏好樹，葉莎的花活潑淘氣，王維的柳樹則多離別。葉莎喜以草和葉入，王維運用較少，葉莎截句中除了花和草、葉之外，

很少涉及其他類別植物；相較之下，王維關注生活中許多植物，綠萍、青苔、綠蒲、竹子和紅豆，他都能入詩，而詩人王維似乎更偏愛青苔。

## 三、植物色彩與意象呈現

生活中，我們脫離不了色彩，舉凡食衣住行，周遭環境，大自然景物都具有色彩，色彩牽動人類的情感，而色彩的使用也是生活心理和人格的一種反射現象。[21]誠如每個人對色彩的喜愛偏好都不同，有的喜好紅色，有的人偏愛黑色。詩人更是會把內心的喜怒哀樂，或是思鄉或是離愁等等的心情展現在作品上，而色彩也往往是當時心情與情感的一種寫照。

林書堯（1931－）認為色彩的生活與一般現實生活一樣，存在於思惟和非思惟兩種不同性質的活動裡。所謂思惟是屬於哲學和心理學範圍的，而非思惟則是屬於物理學和社會科學範疇。[22]不管是哪種範疇的色彩，通過我們人類主觀反應後，會變成另一種性質存在。這種性質雷同我們一般所認為的生活色彩，生活具有各式各樣的色彩，人類能透由視覺所感知的色彩，撩起情感的心理對應，例如看到黑色，有種死亡、神祕與邪惡的感受，看到紅色則是熱情、憤怒的情緒反應；看到綠色則擁有一種和諧平穩的心境。

然而人會因為各種刺激之後，往往也會引發其他感覺系統的共鳴，這種現象就是一種共感覺。[23]這種共感覺雖有其普遍性和日常

---

[21] 吳啟禎：《王維詩的意象》，臺北市：文津，2008，頁86。
[22] 林書堯：《色彩認識論》，臺北市：三民，1995，頁110。
[23] 同12，頁140。

性，但也因人而異，諸如人的五官感受敏銳與否、區域環境造成的差異，或因一年四季春夏秋冬產生的改變，[24]尤其是色彩的記憶個別差異性極大，主要因年齡、性別、個性、教育、職業、自然環境和社會背景等等而有所不同。

黃麗容（？）學者認為詩歌的色彩是一種視覺的符號，詩歌的色彩，有時用摹況的手法，來達到狀物移情效果，進而呈顯作者個人主觀觀照下的客觀世界。所謂摹況，指的是作者對感受到的各種情和境，特別是聲音、色彩、形狀、氣味、觸感等等狀況，加以形容描述。[25]

黃永武（1936－）認為有時詩人雖未明確給予植物的色調，但在閱讀時，色彩卻呈現在讀者腦海中；產生詩的閱讀、理解和詮釋上的質變。[26]印證了葉嘉瑩所謂人心與外物感應既微妙又自然的生命共感。[27]而筆者認為這種「生命共感」重要媒介之一，便是色彩。

本文植物色彩判定分類，大致站立在屬於大眾色彩觀念或是筆者主觀的看法來詮釋，進行分析解釋，雖難以蓋括全面，卻也算是個依準。

以下諸以植物的花或是葉，季節變換色彩作為分類依據，分白紅綠黃／褐和不特定色彩，針對葉莎截句和王維絕句進行分類與討論：

---

[24] 同12，頁144。

[25] 黃麗容：《李白詩色彩學》，臺北市：文津，2007，頁206。

[26] 黃永武：《詩與美》，臺北市：洪範，1984，頁54。

[27] 葉嘉瑩：〈幾首詠花的詩和一些有關詩歌的話〉，葉嘉瑩：《迦陵論詩》，臺北市：大塊文化，2012，頁165。

## （一）白色

　　從表一葉莎截句的植物意象統計來看，可發現在她21首有運用到白色花朵的一共有4首，比例佔約19%，分別是〈梅花鹿〉的梅花、〈聽過一種鳥聲〉的白杜鵑、〈東窗是花〉的茉莉，和〈鬼針草〉的花。這些截句意象句如下：

> 將曠野奔跑成風聲／有人記得梅花和小路〈梅花鹿〉[28]
>
> 一個球，自最深／至最淺的黑不停滾動／在窗前／被一株白杜鵑挽留〈聽過一種鳥聲〉[29]
>
> 未長出刺之前／我也曾是溫婉的花〈鬼針草〉[30]
>
> 總是叫不出名字／索性喝一口茶，喚她／茉莉，潔淨芬芳／恍如一生之始〈東窗是花〉[31]

　　雖然梅花也有紅色的但並不多見，所以這兒還是以白色為主。蕭水順（1947－）在《青紅皂白》一書中，談到色彩具有明暗、輕重感、軟硬度、和有無彩色，而白色是屬於明亮、較輕、硬性，無彩色，所以他認為白色光潔讓人有種不可親近的感覺，卻也有樸素、天真、明快的輕鬆感。[32]以這觀點來看葉莎截句中陪著梅花鹿奔跑的白梅花、被那團黑映襯的白杜鵑形象就更鮮明，鬼針草因為白花可以暫得溫婉，而浮在茶香之上的那朵白茉莉，讓人的身與心

---

[28] 葉莎：〈梅花鹿〉，葉莎：《葉莎截句》，臺北市：秀威資訊科技，2018，頁31。

[29] 葉莎：〈聽過一種鳥聲〉，葉莎：《葉莎截句》，臺北市：秀威資訊科技，2018，頁32。

[30] 葉莎：〈鬼針草〉，同7，頁59。

[31] 葉莎：〈東窗是花〉，同7，頁61。

[32] 蕭水順：《青紅皂白》，臺北市：故鄉出版社，1979，頁26-34。

更潔淨分芳。

唐代詩人王維共26首絕句含有植物，唯一一首運用白色的是〈雜詩〉「寒梅著花未？」這株枝頭綻放的白寒梅，製造了距離感，一方面展現詩人對故鄉思念的一片冰心，另一方面也的確讓這株梅有質樸明快之感。

## （二）紅色

紅色是屬於暖色系，觀賞或是見到，內心溫度會升高。中國傳統對紅色的看法偏向熱情，易感受喜氣洋洋、愉快、熱鬧健康、繁華浪漫與積極；當然也有另一面較為殘暴、憤怒與危險、警示的情愫存在。[33]

就筆者的感受觀點來看，葉莎共有5首截句使用到紅色植物入詩，包含《訪友》和《春天的事》的櫻花、《早晨》的山茶花、《綠繡眼》的紅梅，和《野花》裡那朵抹了胭脂的花。

櫻花沿路奔跑／我一路閃躲〈訪友〉[34]

傘是那人送的／一起看過一場櫻花之後／就和雨一起／散了〈春天的事〉[35]

遠不如庭院含羞的山茶花／不輕易洩漏美〈早晨〉[36]

一邊學波浪飛行／成為紅梅最愛看的海〈綠繡眼〉[37]

我已經抹了胭脂／但沒有人，叫喚我的名字〈野花〉[38]

---

[33] 黃麗容：《李白詩色彩學》，臺北市：文津出版社，2007，頁134。
[34] 葉莎：〈訪友〉，同7，頁33。
[35] 葉莎：〈春天的事〉，葉莎：《葉莎截句》，臺北市：秀威資訊科技，2018，頁51。
[36] 葉莎：〈早晨〉同15，頁49。
[37] 葉莎：〈綠繡眼〉，同15，頁54。
[38] 葉莎：〈野花〉，葉莎：《葉莎截句》，頁60。

這五首詩除了紅梅和抹胭脂的野花之外，我們可以發現葉莎隱藏在詩作裡的紅色，都不是大朱大紅那種，也不像南方太陽火熱那般，反而是溫柔的淡粉紅、櫻花也有白的、山茶花也是；但是白色櫻花並不多見，所以詩人隱藏在詩內的色調應為喜紅，足以歡樂撐起她訪友一路的興奮和期待。

另外山茶花也是有各種色調，不過紅色系佔大宗，通常選種在自家庭院的大概也都是紅的，較討喜。所以詩人種在詩內這朵山茶，應該也是溫潤的紅和粉紅，才能含羞不輕易洩漏美。紅梅的紅和綠繡眼的綠產生對比，呈現在讀者面前一種鮮明對比的自然之美，挑起綠繡眼的活潑來對應梅的紅之熱情。至於那朵野花，若不抹上朱紅的胭脂，大概也引不起注意，不管是在大自然和是真實的人生，這是個雙關的指稱，因為有紅就熱絡起來。

王維有4首絕句是與紅色有關聯的，如下：

> 紅豆生南國，春來發幾枝？〈相思〉[39]
> 木末芙蓉花，山中發紅萼。〈辛夷塢〉[40]
> 遙知兄弟登高處，遍插茱萸少一人。〈九月九日憶山東兄弟〉[41]
> 荊溪白石出，天寒紅葉稀。〈山中〉[42]

相思紅豆是一種思念與情愛的象徵，尤其是紅色隸屬於南方之色。[43]選南國之豆更顯熱情奔放。而在山中有棵木芙蓉在一片寧靜

---

[39] 王維：〈相思〉，王福耀選注：《王維詩選》，臺北市：遠流出版，1988，頁25。
[40] 王維：〈辛夷塢〉，同19，頁12。
[41] 王維：〈九月九日憶山東兄弟〉，同19，頁33。
[42] 王維：〈山中〉，同19，頁29。
[43] 按：紅，帛赤白色也。春秋釋例曰：金畏於火。以白入於赤。故南方閒色紅也。
【漢】，許慎著，【清】，段玉裁注：《說文解字注》，頁656。

的環境裡，長出一個紅色花苞，炒熱這裡的氣氛讓熱鬧登場；然而在動靜之間，協調與不和諧之間，一朵靜的美自開自落，既是山中一株花也是詩人。〈九月九日憶山東兄弟〉的山茱萸是屬於山東山上的一種植物，先開花在秋季結紅果，果實纍纍，艷麗四射，[44]山茱萸這種紅色果實的美觀，引發詩人的想念應屬自然，更何況它總是聯繫家人的溫馨情感。由於詩人王維本身也是畫家，所以在詩中提供豐富的視覺色彩，讓詩作呈現在讀者眼中是一幅美圖，而他慣用對比色調來呈現，〈山中〉一詩的白石和紅葉帶出景物的美，白石裸露水面是冬的冷與蕭條，但是有那一點紅葉，景物活了，人的心也暖了。

在紅色系這部分，葉莎和王維的紅色都是屬於比較溫暖情感的，想要締造一種溫馨畫面，呈現自然的活潑和人內在情感的抒發表達。縱有哀怨和傷情也是溫和以待，絕無紅色殺戾之氣。

## （三）綠色

學者黃麗容提出綠色系大部分結合植物時，易產生自然、樸實、平靜、輕閒、和平、可靠、活力等等比較正向平和的情感。[45]

首先我們先來看葉莎有關綠色的植物詩作所呈現的色彩意象。研究資料顯示她共有7首運用到綠色，比例是33%，比起其他色彩顯得比較多。這些詩分別是《死亡》的森林、《同意》的葉脈、《小草》的小草、《致老屋》的嫩葉、《此生》的葉、和《預兆》的青草；以下為意象句舉例，

---

[44] 潘富俊：《全唐詩植物學》，臺北市：貓頭鷹出版，2018，頁191。
[45] 黃麗容：《李白詩色彩學》，臺北市：文津出版社，2007，頁146。

星星無悔變願望，森林無悔變薪柴〈死亡〉[46]

蚱蜢可以爬上背脊／咬斷幾根葉脈〈同意〉[47]

左顧，彩霞往西飛／右盼，蝙蝠飛往東邊的洞穴／我雙眼追
逐／卻安穩立足〈小草〉[48]

至於三心二意的嫩葉／全為了欺瞞春風〈致老屋〉[49]

有些熟黃有些嫩綠／靈魂是風中之葉，搖著孤獨〈此生〉[50]

你坐傷了一片青草／青草折彎了夢〈預兆〉[51]


　　細細品嘗葉莎的意象句，會發現她採用的綠，若不是像森林或
是青草地那樣的一大片，就是偏向細小的葉片甚至只有葉脈，不管
是極大還是極小，在這種綠的範疇裡，詩人想要鋪陳的都是一種平
靜的自我胸志宣示或是內心願望的表態，而不是驚濤駭浪型的。

　　從表二王維絕句的植物意象統計來看，可發現王維26首絕句
中，不論是詩句中提到或是筆者根據經驗判讀為綠色的共有14首
〈包含綠萍、垂楊／柳、香茅、森林、青苔、綠蒲、幽篁、深林、
樹、春草、長松等〉，其佔的比例竟高達66%。比例之高，令人嘆
為觀止。吳啟禎（1958－）曾討論過王維在表現詩作時最常使用的
色調是青色〈綠色〉，而青色的意象又以山水樹草等自然景物最

---

[46] 葉莎：〈死亡〉，葉莎：《葉莎截句》，臺北市：秀威資訊科技，2018，頁37。

[47] 葉莎：〈同意〉，同26，頁43。

[48] 葉莎：〈小草〉，同26，頁44。

[49] 葉莎：〈致老屋〉，同26，頁58。

[50] 葉莎：〈此生〉，同26，頁67。

[51] 葉莎：〈預兆〉，同26，頁89。

多，表露出他崇尚自然生活的性格。[52]這個論述在筆者的研究裡，再次得到印證。我們且看以下14首的綠色植物之意象句呈現：

> 靡靡綠萍合，垂楊掃復開。〈萍池〉[53]
>
> 返景入森林，復照青苔上。〈鹿柴〉[54]
>
> 分行接綺樹，倒影入清漪。〈柳浪〉[55]
>
> 清淺白石灘，綠蒲向堪把。〈白石灘〉[56]
>
> 獨坐幽篁裡，彈琴復長嘯。深林人不知，明月來相照。〈竹里館〉[57]
>
> 偶寄一微官，婆娑數枝樹。〈漆園〉[58]
>
> 春草年年綠，王孫歸不歸？〈送別〉[59]
>
> 花明綺陌春，柳拂御溝新。〈閨人贈遠其一〉[60]
>
> 啼鶯綠樹深，語燕雕樑晚。〈閨人贈遠其二〉[61]
>
> 相逢意氣為君飲，繫馬高樓垂柳邊。〈少年行〉[62]
>
> 綠樹重陰蓋四鄰，青苔日厚自無塵。〈與盧員外象過崔處士興宗林亭〉[63]

---

[52] 吳啟禎：《王維詩的意象》，臺北市：文津，2008，頁91。
[53] 見王福耀選注：《王維詩選》，臺北市：遠流出版，1988，頁2。
[54] 同33，頁5。
[55] 同33，頁9。
[56] 同33，頁11。
[57] 同33，頁12。
[58] 同33，頁13。
[59] 同33，頁16。
[60] 同33，頁26。
[61] 同33，頁27。
[62] 同33，頁30。
[63] 同33，頁34。

渭城朝雨浥輕塵，客舍青青柳色新。〈送元二使西安〉[64]
楊柳渡頭行客稀，罟師盪槳向臨沂。〈送沈子福歸江東〉[65]
落花寂寂啼山鳥，楊柳青青渡水人。〈寒食氾上作〉[66]

　　被楊柳掃開的綠萍開了又合，陽光照到深林裡停留在青苔上；一排排的美麗柳樹映入清水裡；夜裡獨自一人在竹叢林彈琴，除了月亮來照看外，沒有人來；或是期許自己可以像莊周一樣當個小官看顧漆園，與樹相處、與世無爭，讓思念如一大片草地蔓延到明年再綠，一路的盼；縱使是思念丈夫也是溫和寄掛於綠樹，沒有太多的強求，用柳樹的依依不捨來象徵內心的不捨與離別的傷與哀；即便是最意氣風發的少年時，也是把馬繫在涼爽的柳樹下。這些詩句染上了綠色植物之後，再多的情緒、孤寂和思念，都平和了！因為詩人在大自然裡，他崇尚自然，與自然已融合為一。

　　葉莎和王維這兩位不同時代的詩人，對大自然有同樣的尊崇與喜愛；把許許多多的生活情感和想法都放在綠色之景與物了！告訴讀者他們或有不堪的過往，難以平復的情傷挫折和失去家人的痛，但徜徉大自然懷裡，一切便好了。他們兩人最大的差別，應在於葉莎總是聚焦在小處，巧小的綠，而王維則放眼寬闊的河畔柳、竹、林和大片的草，這樣的寬廣與遠望的綠與自然。

## （四）黃／褐色

　　葉莎偏屬黃〈褐〉色的截句有2首，《鳥的幸福》中乾枯的枝

---

[64]　同33，頁36。
[65]　同33，頁40。
[66]　同33，頁41。

椏和草原和《水鳥》的殘荷，黃色有時給人溫暖，有時也給人沉重或是引人注目的感受。[67]但是黃一旦開始變成褐色，就有乾枯和衰竭的趨勢，逐漸步入死亡和滅絕的心理想像。這樣的視覺感受和內在情感搭配的意象，在葉莎的乾枯枝椏和殘荷得到重現，原以為是滅絕卻又返回溫暖，如：

家，築在瘖啞的枝椏／巢是草原乾枯的髮／母親說，如果我們覺得幸福／就該呀呀啼唱，讓風知道〈鳥的幸福〉[68]

而〈水鳥〉，

湖底小窗緊閉／明明殘荷無聲而寥寂／我卻愛說，水鳥／才是秋天最寒的植物[69]

這截句裡殘荷的褐色和水鳥的褐，互相交錯編織成那面小窗緊閉的寒秋，展現通篇的落寞孤寂與殘敗。

王維絕句中〈鳥鳴澗〉中的「人閒桂花落」桂花為黃，這丁點黃對應夜靜的空，在空寂的春山，是悠閒也是一種空悲。

〈孟城坳〉「古木餘衰柳」創作背景，是王維被貶謫，最後來到輞川，首先見到的孟城口竟是一個荒蕪之地。在這裡可也曾經有幾許古人來去，而今已不在，所以他不禁問，那在他之後又會有誰來？哀戚之情透過古木衰柳的褐，傳達更深的絕望。但是在〈文杏

---

67　黃麗容：《李白詩色彩學》，臺北市：文津出版社，2007，頁121。
68　葉莎：〈鳥的幸福〉，葉莎：《葉莎截句》，臺北市：秀威資訊科技，2018，頁63。
69　葉莎：〈水鳥〉，同48，頁100。

館〉的文杏變成梁又幻化成棟裡雲，這兒的褐讓這想像更加神仙化更神祕了！

## （五）不特定顏色

所謂不特定色調，指的是可能是具有多種顏色可能的，因為多種多樣，所以就會讓詩句的意涵有所不同與變化，形成一種多義性。當不同的讀者心理色彩的設想不同時，對詩的解讀與詮釋，也不同。

葉莎在這部分相關詩作，包含了〈世事〉的嫩百合、〈熄燈〉中的花，〈荷〉裡的蝶和葉。嫩百合若是一朵紅百合，在讀者心中，其嬌羞和氣惱肯定是會比一株黃百合來得多；在黑夜中談花，或是談哪種花？表愛情紅玫瑰，紅吱吱的四季秋海棠、如嫩雪紛飛的櫻花，還是路邊野花？談不同的花就變不同的顏色，也就換了心情。而〈荷〉中，

似蝶，非蝶
似葉，非葉
是耶，非耶
最初浮泛水上的自己[70]

那株荷是什麼顏色的荷？是像蝴蝶在飛舞的？還是像葉子在翻飛的花？因為不知道哪個才符合，無所住相，所以才能照見自我？
而王維〈息夫人〉一詩中的「看花滿眼淚，不共楚王言。」若

---

[70] 葉莎：〈荷〉，葉莎：《葉莎截句》，臺北市：秀威資訊科技，2018，頁98。

是花是紅的，那息夫人的心傷更為明顯，若是那花為白，心傷就更深了！若花已褐枯，那還有止住哀傷的可能嗎？

　　本節探討的色彩於植物選用時，呈現之詩作意象，以及對應到讀者內心時的感受與移情作用。在白色系部分，發現葉莎截句使用白色植物意象比王維多，而兩人在白色的呈現上是屬於較明快質樸感的，但葉莎又更顯活潑。

　　而紅色系部分，葉莎和王維選擇入詩植物所呈現的紅，都偏屬溫暖情感的，締造一種溫馨畫面，用以炒熱氣氛，形塑鮮明自然意象之美，展現自然的活潑和人內在情感的抒發表達。縱有哀傷也可溫柔以待。

　　綠色系植物的選用是兩位詩人共同的愛，佔他們詩作的大多數。葉莎在大片森林和青草，與偏向細小的葉片，甚至只有葉脈的細小中鋪陳平靜的自我胸志，表達內心之所願。崇尚自然生活的王維則是把各色綠，栽種成滿園翠綠的深林、青苔、竹林，或是綿延數里的渡頭楊柳，在綠中既寫悲也寫喜，既寫動亦寫靜。

　　對植物而言，黃或褐這種傾向結束與滅絕的色調，是興奮不起來的。在這類詩作裡的孤寂落寞和人事幻化，成為葉莎截句和王維絕句的主調。

　　詩句中的不特定色調，指的是可能是具有多種顏色可能的，因為多種多樣，所以就會讓詩句的意涵有所不同與變化，形成一種多義化。當遭遇不同讀者心理色彩設想時，對詩的詮釋，也就不同。在這類詩作，兩人的作品都比較傾向對生命造化的思索。王維感傷，葉莎則是在花中尋求佛道的明心見性，如何照見自我。

# 四、植物季節與主題意象之呈現

本節欲探討這兩位詩人詩中植物在不同季節裡所呈現的意象。何謂「意象」？有時有人又說是「意境」、「境界」，這三者的又有何差異？

王國維提出所謂的「景」就是以描寫自然及人生的事實為主，是一種客觀，在人耳目；「情」是我們人對這種事實的精神態度，是主觀的，深入心脾。[71]葉朗認為對文學而言，「意境」就是要能夠直接引起鮮明生動的形象感受，他也進一步指出，

> 「意境」是「意象」，但不是任何「意象」都是「意境」。
> 「意境」的內涵比「意象」豐富，「意境」既包含有「意象」
> 的共同具有的一般的規定，又包涵有自己的特殊的規定。[72]

承上，或許我們可以說意境的範疇大於意象，但就詩而言，他們的差異性應該是不大的，因此本文還是使用意象來談詩。

但是怎樣才是有意境或是具有意象之美的詩呢？蕭蕭認為詩要誠於心，至誠就會如神，所以好詩要能「如神」，神指的就是無所不能；無所不能指的是包括內外在都不受限，足以蛻變，達到「得意而忘形」。[73]蕭蕭也進一步指出詩若要如神，詩語言技巧的熟練要如有神助之外，也得讓詩思具有出神入化高度的空靈感。[74]筆者

---

[71] 葉朗：《中國美學史大綱》，上海：上海人民，1985，頁618。
[72] 葉朗：《中國美學史大綱》，上海：上海人民，1985，頁621。
[73] 蕭蕭：〈論詩誠於心〉，蕭蕭：《燈下燈》，臺北市：東大，1980，頁1。
[74] 蕭蕭：〈論詩誠於心〉，蕭蕭：《燈下燈》，臺北市：東大，1980，頁2。

認為葉莎和王維雖屬不同時代，在文學界的成就也不等同，但是他們各自運用他們生活熟悉的事物，尤其是植物，運用文字與寫詩的技巧，直指他們的內心世界，貫串心志，讓詩產生了絕對的神韻與意象之美，具有深入欣賞的價值。

季節的更迭、時間轉換，總是會改變自然界的景象，植物生長的樣貌，而這種大地樣貌的改變往往會讓人的感覺有所改變，時人對某種季節有較大感觸，敏銳多感的詩人更是如此。陸機在〈文賦〉談過四時對文人作家的影響：

> 因論作文之利害所由，他日逮可謂曲盡其妙，佇中區以玄覽，頤情志於典墳，遵四時以歎逝，瞻萬物而思紛，悲落葉於勁秋，喜柔條於芳春，心懍懍以懷霜，志眇眇而臨雲，詠世德之俊烈，誦先人之清芬，慨投篇而援筆，聊宣之乎斯文，其始也。皆收視反聽，耽思旁訊，精騖八極，心遊萬仞，其致也。[75]

詩人因應四時變換，有所悲秋、喜春、懷霜、臨雲、詠德、述志，還反覆視聽，思索而後有所得，才得以成文感動時人。

由於植物生長有的終年綠、有的一歲一枯榮；有的幾十年才開花一次，有些一年開花一次；有的一年花季有兩期，有的花期僅一週，有些植物花期長達半年，如同人一般各有不同屬性與特殊性。

因此本節想要探究現代詩人葉莎和唐代詩人王維以植物入詩，

---

[75] 《欽定四庫全書》子部十一 歐陽詢編藝文類聚·卷五十六，影印古籍 欽定四庫全書·子部十一·類書類，原書來源：浙江大學圖書館。網址 中國哲學書電子化計劃https://ctext.org/yiwen-leiju/zh?searchu=%E6%96%87%E8%B3%A6，2019/03/17擷取。

在不同季節中的寫作主題上之變化。本文所指的季節是參考相關資料，從植物的成長或開花季節來作一初步判定，並非絕對的判定。筆者從表一歸納整理出葉莎有關植物截句與主題意象之呈現情形，如表三呈現；從表二歸納整理出王維有關植物截句與主題意象之呈現情形，如表四呈現。綜合歸納出葉莎詩作的季節主題大致分為四個：抒發情感／別離之情、寫景寄情、世事難料、禪趣和生命思考；王維詩作的季節主題大致可分為六項：送別、閨怨、述志、寫景寄情、思鄉念友、以及禪趣／閒靜之情。

　　以下分季節和主題探究之，本文的季節分為春夏秋冬和不特定季節，所謂不特定是指某些本屬長年生，其生長現象和季節轉換並不明顯的植物屬之。每季節又分列葉莎和王維進行探究，先談葉莎截句後論王維絕句。側重兩位不同詩人借用植物意象呈現情感主題之情形，進行討論。

## （一）春季意象

### 1、葉莎春詩的意象

　　春是四時之一，隸屬農曆的二三四月。所謂一年之計在於春，在這個季節萬物甦醒，春耕農忙、繁花盛開，在這一切繁盛的季節，究竟是春風得意，還是離別的開始一切的開始？顯然葉莎的春既是繁華也有凋落。

（1）情感／離別

　　　　一起看過一場櫻花之後／就和雨一起散了／〈春天的事〉[76]

---

[76]　葉莎：〈春天的事〉，葉莎：《葉莎截句》，臺北市：秀威資訊科技，2018，頁51。

這是一首出現在春天，描寫與情人別離的傷心情懷。傷心的人不忍責怪情人〉無情，竟把分手理由原因推給那把無辜的傘，取其「散」音巧合，更令人不捨。

## （2）寫景寄情

　　葉莎春日寫景寄情中的植物包括有白杜鵑、櫻花和嫩葉，詩人以杜鵑櫻花嫩葉描述出春天的歡樂、喜悅、飛動的意象，讓讀者心情隨之飄浪而歡喜，

> 一個球，自最深／至最淺的黑不停滾動／在窗前／被一株白杜鵑挽留／〈聽過一種鳥聲〉[77]
>
> 櫻花沿路奔跑〈訪友〉[78]
>
> 至於三心二意的嫩葉／全為了欺瞞春風〈致老屋〉[79]

　　詩人以動態的用詞「滾動」、「挽留」、「奔跑」、「欺瞞」等，讓整個畫面呈現出活潑生動的春天景象，把詩人的想像力推展得更靈動而吸引人，成功營造出喜春愛春的美之情愫。

## （3）世事難料

　　在一片喜春的情景之下，詩人用「嫩百合」來迎接春雨，葉莎還是以一貫俏皮的聯想和想像力，展現其詩作一種隔離與轉場鏡頭運用現方式，來開這朵嫩百合玩笑，

> 老狗抬起一隻腳／就下雨了／嫩百合抖抖濕漉漉的身子／看

---

[77] 葉莎：〈聽過一種鳥聲〉，同2，頁32。
[78] 葉莎：〈訪友〉，同2，頁33。
[79] 葉莎：〈致老屋〉，同2，頁58。

見天氣晴〈世事〉[80]

　　這朵嫩百合抖抖她濕漉漉的身子，看到的竟是天氣晴朗，原來剛剛的烏雲是老狗抬腳，而雨是老狗撒的尿，在撒尿與下雨的類似聯想中，營造下雨與天晴的強烈對比，讓讀者莞爾一笑，卻又能深刻感受到作者深沉的另一層意涵—事事難料，旦夕禍福。

　　整體而言，葉莎在春季詩作呈現上是比較歡樂、活潑、生動，俏皮具戲劇化的，描寫出春天明亮有活力的感覺。當然春天也有傷春情事的發生，總是難以避免，詩人於是也在傷春主題上著了力。

## 2、王維春詩的意象

　　根據吳啟禛的研究，發現王維詩中的時令以春和秋最多，而春時令中詠春意象頗多，他推論這可能跟作者心境以及其生活習聞有關。筆者也針對詩選中選出的王維春之時令詩作，進行主題歸納分析：

### （1）情感／離別／送別

　　王維在春季送別主題中，採用的植物意象有「青草」、「青柳」、「楊柳」、「綺樹」〈柳浪〉詞。

　　楊柳首次出現在送別意象使用，始於詩經〈采薇〉中的「昔我往矣，楊柳依依。今我來思，雨雪霏霏。」取其楊柳臨風飄動，反覆來回猶如人之臨別依依的情景。王維也是借用吟詠柳樹來表達他的送別依依不捨與內心感傷。

---

[80]　葉莎：〈世事〉，同2，頁35。

春草年年綠，王孫歸不歸？〈送別〉

渭城朝雨浥輕塵，客舍青青柳色新。勸君更盡一杯酒，西出陽關無故人。〈送元二使西安〉

楊柳渡頭行客稀，罟師蕩槳向臨沂。惟有相思似春色，江南江北送君歸。〈送沈子福歸江東〉

分行接綺樹，倒影入清漪。不學御溝上，春風傷別離。〈柳浪〉[81]

　　王維詩作最大特色，就是他的詩往往是把視覺和聽覺融合一起，讓整首詩在讀者心中產生極大的迴響，也就是寫在詩裡的寫了，沒寫在詩裡的也在讀者內心裡得了。以〈送元二使西安〉此詩為例，我們似乎也到了渭城那間早晨略為濕潤路旁的客舍，露水讓兩旁的柳樹顯得更青翠；為前往安西的友人送別時，因為依依不捨不知道要再說些什麼，只得請他多喝一杯酒，因為過了陽關就沒有老朋友了，更何況友人要去的地方，是在陽關之外的安西。著實的離愁與悲傷，卻用最美的景來映襯，更添悲愁。

（2）詠物述志

　　春給人的印象是萬物之始，總有朝氣蓬勃令人振奮的感受，而王維在〈少年行〉一詩中，更是以高樓垂柳，春意盎然的時節，來展現一群少年相逢一起飲酒意氣相挺的豪氣，

　　相逢意氣為君飲，繫馬高樓垂柳邊。〈少年行〉[82]

---

[81] 〈送別〉、〈送元二使西安〉、〈送沈子福歸江東〉、〈柳浪〉四詩，分見王福耀選注：《王維詩選》，臺北市：遠流出版，1988，頁16、36、40、9。

[82] 王維：〈少年行〉，王福耀選注：《王維詩選》，臺北市：遠流出版，1988，頁30。

〈少年行〉這首詩是王維年輕時期的作品，跟他晚年作品的閒適、追求寧靜的生活有極強烈的不同。

（3）閨怨

春天充滿生機希望喜悅，卻也難免有春光易逝好時光難留的遺憾，生活更是難免生離死別，傷情總是存在。看似茹素禮佛，看空人世名利、兒女私情的王維，但在夫人離世之後，終身未再娶，其鍾情可見。

> 花明綺陌春，柳拂御溝新。為報遼陽客，流芳不待人。〈閨人贈遠其一〉
>
> 啼鶯綠樹深，語燕雕樑晚。不省出門行，沙場知近遠。〈閨人贈遠其二〉[83]

王維閨人贈遠的詩，基本上都是描寫春日美景，然後觸景生情，以帶出妻子懷念出征丈夫的閨情詩，據說唐代詩人都會創作這類作品。在某種程度上呈現唐代的國力強大，卻也反映邊疆多事，百姓飽受長期征戍之苦。這樣的詩跟王昌齡的〈閨怨〉詩：「閨中少婦不知愁，春日凝妝上翠樓。忽見陌頭楊柳色，悔教夫婿覓封侯。」[84]有異曲同工之妙。

（4）寫景寄情

作詩最要緊的是意境，而意境之形成則有賴於詩人的心性和所寫景物的內在意涵。王維對於景的描述，常以自然手法來書寫，把

---

[83] 王維：〈閨人贈遠其一〉、〈閨人贈遠其二〉分見註8，頁26、27。
[84] 【清】蘅塘退士選輯、【清】章燮注疏、【清】陳婉俊註解：《唐詩三百首》，臺北市：商周出版，2018年，頁453。

情感寄託於實際景物中，如：

> 落花寂寂啼山鳥，楊柳青青渡水人。〈寒食氾上作〉
> 靡靡綠萍合，垂楊掃復開。〈萍池〉
> 人閒桂花落，夜靜春山空。〈鳥鳴澗〉[85]

　　花寂然落下，這時山鳥啼鳴更顯山中之靜，而詩人以擬人法，讓長得非常青翠茂密的楊柳，在渡頭畔看著旅人搭船遠去。一靜一動，一活潑有活力，一強忍悲傷搭船遠離，這濃烈的情感蘊含在詩句裡，讓讀者有所共鳴，與作者同悲同愁。而「靡靡綠萍合，垂楊掃復開。」作者把景物拉近來看，讓楊柳和綠萍兩者互動，風推動楊柳掃開綠萍；一段時間後綠萍又自動合起，一開一合，非常細膩生動。看似一幅寧靜的寫實景象畫面，其實言外之音是那「風」，詩人可能受到外在人事的干擾，內心雖有所波動，卻總也能平靜以對。而王維總是善於使用動靜，有聲無聲的矛盾對比手法來描繪所見景物，看似無人卻有人，看似嫻靜卻又內心有所情緒，形成一種獨特的空寂幽靜之氛圍。

（5）思念／懷鄉

　　寫詩就是為了要抒情，離別寫詩，傷心寫詩，寂寞寫詩，思念更是要寫詩。以王維的〈相思〉：

> 紅豆生南國，春來發幾枝。願君多採擷，此物最相思。[86]

---

[85]　王維：〈寒食氾上作〉、〈萍池〉、〈鳥鳴澗〉，分見註8，頁41、2、1。
[86]　王維：〈相思〉，王福耀選注：《王維詩選》，臺北市：遠流出版，1988，頁25。

紅豆生長在南方，王維這首是對南方景物的一種讚美，借紅豆是相思子的雙關語來表達作者的思念之情，這兒的相思可以是國家、是家園、是友人、家人，有情人，只要想念的人都可以。由於語言簡易，句式樸實，易於朗朗上口，成為後來相思的代表之作。

　　整體而言，王維和葉莎兩人在春季詩作主題呈現上，王維有送別、有描寫閨怨、有述志的，寫景寄情和思念懷鄉等，和葉莎的截句相對照，葉莎也在春天遭遇分離，也寫景。唯獨沒有閨怨這個主題的詩作，主要原因應是閨怨是唐朝流行的詩體之一，在現代可能是屬於情色詩的部分，跟葉莎寫作風格相去較遠。

　　而在書寫表現方式上，葉莎是屬於年少活潑生動派的戲劇式寫作，總是讓詩活起來動起來，宛如一部部電影在眼前播放。而王維則是靜動相映，有靜有動，屬於老成穩重型的。

## （二）夏季意象

### 1、葉莎夏詩的意象——禪趣／生命意義

　　一年雖有四季，但夏天似乎是比較慵懶不合適作詩的季節。但葉莎邀請茉莉和荷這兩種夏季植物，來呈現她的佛道信仰或是對生命的另一種思考。

　　　總是叫不出名字／索性喝一口茶，喚她／茉莉，潔淨芬芳／恍如一生之始／〈東窗是花〉[87]

---

[87] 葉莎：〈東窗是花〉，葉莎：《葉莎截句》，臺北市：秀威資訊科技，2018，頁61。

似蝶，非蝶／似葉，非葉／是耶，非耶／最初浮泛水上的自己／〈荷〉[88]

　　這兩首詩，葉莎都是讓自己回到最初的自我，盼望自己能潔淨芬芳如茉莉，或是在思考人生似是而非，不是是也不是非，不是非也不是是的人生哲理，能得到最初的本心，照見最純善的自己。

## 2、王維夏詩的意象

　　有人研究過王維詩作中呈現的季節最多是春和秋，而夏天似乎對詩人而言，詩興較為缺乏，[89]加上氣候的適應，除非可以坐在松風涼爽處，否則汗水淋漓的夏日，實在難以提筆抒懷。在筆者篩選出的詩作裡，並沒可以直接明顯判定屬於王維夏季植物的作品，故闕如。

　　本節葉莎的夏季詩作採茉莉和荷入詩，巧的是，茉莉潔淨清香之氣，常是信眾作為供佛之主要花卉之一；而荷與佛結下的因緣更深，既是佛之蓮座，也是佛相莊嚴和佛境出塵忘世之表徵，葉莎要其入詩，深入思考法相與佛道存乎何處？

## （三）秋季意象

## 1、葉莎秋詩的意象

　　春耕、夏耘、秋收、冬藏是傳統的農作與四季節慶關連，春天生意盎然，夏日繼續努力耕作，等候秋天的收穫，期待豐收渡冬。

---

[88] 葉莎：〈荷〉，同13，頁98。
[89] 吳啟禎：《王維詩的意象》，臺北市：文津出版，2008，頁275。

秋天到了，天氣漸涼，因此若說春天是多感的歡樂時節，那麼秋天應該就是多感的憂思時節，面對時序變化，大自然界漸漸衰敗的秋，這時詩人有很多內心話要講，只是內容跟春天不同或是會比春天多些憂傷的感受，而這些感受往往也要透過景物來表現傳達。傳統秋的意象是涼風、露水、楓紅、葉落；而葉莎選用的是殘荷與枯草：

> 湖底小窗緊閉／明明殘荷無聲而寥寂／我卻愛說，水鳥／才是秋天最寒的植物〈水鳥〉[90]
>
> 家，築在瘖啞的枝椏／巢是草原乾枯的髮／母親說，如果我們覺得幸福／就該呀呀啼唱，讓風知道〈鳥的幸福〉[91]

　　作者在〈水鳥〉一詩中，把總愛獨腳站立的水鳥和秋天的殘荷挺立水田中央的兩種意象做一個結合，把荷擬人化成無聲而寂寥，把明明是動物的水鳥講成植物，兩種意象相通處在於他們都會長時間靜立在水田中間，所以荷是鳥，鳥亦是荷，形成一種意象互換的奇妙趣味。

　　而〈鳥的幸福〉的鳥用草原枯乾的草，把巢築在無聲無息的枝椏上，因為有安逸幸福的生活，所以媽媽要小鳥們呀呀啼唱，讓風知道。整首詩全然是在描寫鳥媽媽築巢生蛋，然後孵出小鳥來這件事，但作者把小鳥啼叫當作是一種幸福宣傳，趣味和諷刺對比味道極濃。

　　兩首詩，〈水鳥〉的鳥畫寫枯寂，〈鳥的幸福〉的鳥鳴報幸福，一傷一喜，都在秋。

---

[90]　葉莎：〈水鳥〉，葉莎：《葉莎截句》，臺北市：秀威資訊科技，2018，頁100。
[91]　葉莎：〈鳥的幸福〉，同註16，頁63。

## 2、王維秋詩的意象

　　葉莎以水鳥、殘荷、枯草點出她的秋愁與禪悟。而秋風蕭瑟，草木搖落，大地羈旅人，更易在這浪漫悽愴的秋裡，引發思鄉愁緒和多感落寞之情，發筆於詩篇。王維在蕭瑟落寞中，找到桂花、秋槐、紅葉、茱萸和芙蓉花來感傷、抒發也詠嘆他心中的情感。

## （1）送別

　　唐朝武力強大，常有戰事發生；更有與時不和，被貶謫到偏鄉野地的朝廷官員。秋季送別的離情別緒更常叫人倍感悲戚，但這首〈崔九弟欲往南山馬上口號與別〉特別不一樣，顯得輕鬆而快樂：

> 城隅一分手，幾日還相見。山中有桂花，莫待花如霰。〈崔九弟欲往南山馬上口號與別〉[92]

　　原來是崔興宗和王維一樣都喜歡寄情山水，這次崔興宗有機會道陝西南部秦嶺—終南山，[93]王維也很想早日去看看走走，所以催促他的朋友要趕快上路，不要等到桂花凋謝才走。

## （2）寫景寄情

　　文人寫詩為表現其所思所想，或可說就是一種思想的傳達手段與方式，葉嘉瑩認為思想是從生活中得來的一種智慧，也就是對

---

[92]　王維：〈崔九弟欲往南山馬上口號與別〉，王福耀選注：《王維詩選》，臺北市：遠流出版，1988，頁20。
[93]　王福耀選注：《王維詩選》，臺北市：遠流出版，1988，頁20。

生活所採取的某種態度。[94]她也認為舉凡作品都應該包含三部分：情感、思想與精神。情感和思想常常混在一起難以分立談論，但是精神卻是作者透過文字或是詩所建立出的一個作風，她給了一個公式，情感加思想等於作風，[95]意即作者透由作風來傳達其精神，王維的詩作便是這等狀況。王維在〈秋夜曲〉一詩中：

桂魄初生秋露微，輕羅已薄未更衣。銀箏夜久殷勤弄，心怯空房不忍歸。[96]

首句取桂花於八月秋天開花秋露微冷的意象，來映襯想念丈夫的婦人，即使是感到冷也不進房去更衣，還是繼續無聊的撥弄著古箏，就是不想也不願面對那間空房。這首詩不但很有畫面，更是把視覺和聽覺糅合在一起，後兩句的銀箏殷勤心怯空房，聲音ㄣㄣㄥㄥㄤ的，自自然然的把箏音聲音模擬出來，盪漾在詩裡，[97]更添詩人想表達的苦悶思念之情。

他的另一首〈辛夷塢〉：

木末芙蓉花，山中發紅萼。澗戶寂無人，紛紛開且落。[98]

詩人從平凡的日常事物中發現美，運用攝影效果，從遠遠的山拉近給個特寫鏡頭，讓我們看到芙蓉花靜靜開出的紅萼。這點紅

---

94 葉嘉瑩：《迦陵學詩筆記上冊詩學》，臺北市：大塊文化，2013，頁82。
95 同4。
96 王維：〈秋夜曲〉，同18，頁45。
97 黃永武：《中國詩學 思想篇》，臺北市：巨流圖書，1988，頁232。
98 王維：〈辛夷塢〉，王福耀選注：《王維詩選》，臺北市：遠流出版，1988，頁12。

原本應是喧鬧的，王維偏偏又排除人在外，用「澗戶寂無人」來和「山中發紅萼」做對比，更顯紅萼的喧囂，[99]與景物的鮮明意象。而這朵紅萼，自開自落，明年還是會在山中迎著料峭寒意，在高高的枝椏上綻放，詩人借這朵紅萼寫出他對環境氣氛的細微觀察，也寫出他自我的精神氣質。

## （3）思鄉

王維在有關秋的詩篇裡，使用到的植物，有樹、有林、有花、有草、有風、有柳、有桂花，也有落花等秋天應景的意象，柳因秋而衰，桂花在秋天開花，草因秋而白，[100]但有一種植物茱萸，這種會在秋天結出紅紅的果實的植物，[101]竟因為王維十七歲寫的這首〈九月九日憶山東兄弟〉，而伴隨九九重陽節不斷流傳，

> 獨在異鄉為異客，每逢佳節倍思親。遙知兄弟登高處，遍插茱萸少一人。[102]

試想一個十七歲的年輕人獨自到京城準備考試，那種生活上的孤寂和想念家人的心情是多麼強烈，但詩人不直接說他想念家人也不直抒其感受，把所有的想念和牽掛都放在那株插在胸前的茱萸，跟「來日綺窗前，寒梅著花未？」有異曲同工之妙，茱萸和寒梅竟成為日後思鄉念親的代表性植物。

99 蕭水順：《青紅皂白──中國古典詩歌中的色彩》，臺北市：故鄉出版，1980，頁88。
100 吳啟禎：《王維詩的意象》，臺北市：文津，2008，頁252。
101 潘俊富：《全唐詩植物學》，臺北市：貓頭鷹，2018，頁191。
102 王維：〈九月九日憶山東兄弟〉，同24，頁33。

## （4）禪趣／閒靜

　　王維曾經作過一首詩，裡面兩句是：「一生幾許傷心事，不向空門何處銷。」意思就是說他此生在宦海起起伏伏，又中年喪妻，諸多悲苦，若沒有佛道，他斷斷是不能排解的，所以葉嘉瑩就說別人弄佛弄禪只在「知解」層次，王維卻是一種佛境的感悟。[103]

　　這種佛境感悟對王維產生了什麼影響？就是沒有彼此、沒有是非、也無傷心與不傷心，當然也沒有歡喜與不歡喜，所以在王維詩裡的詩境總是調和的，他遵循佛的無相，無讚美也無憎恨。

　　　〈菩提寺禁，裴迪來相看，說逆賊等凝碧池上作音樂，供奉
　　　人等舉聲便一時淚下，私成口號，誦示裴迪〉

　　　萬戶傷心生野煙，
　　　百官何日再朝天？
　　　秋槐葉落空宮裡，
　　　凝碧池頭奏管弦。[104]

　　這首詩寫於唐天寶十五年〈西元756年〉，當時安祿山攻陷長安，王維被拘禁於洛陽普提寺，裴迪來看他之際，王維原本是該寫哀傷的，但他心中這種無悲無喜無哀無樂的調和，竟然讓他即使在生死關頭，還是忘記有敵人存在這事，讓詩有了詩可以欣賞

---

[103] 同4，頁164。
[104] 王維：〈菩提寺禁，裴迪來相看，說逆賊等凝碧池上作音樂，供奉人等舉聲便一時淚下，私成口號，誦示裴迪〉，王福耀選注：《王維詩選》，臺北市：遠流出版，1988，頁43。

的介面。[105]

在秋詩中植物意象的使用，葉莎使用了殘荷和草原枯草，試寫自己對佛境的思索，並藉由鳥兒縱使在不佳的生活環境中，母親還是要小鳥宣揚心中的幸福，對大自然表達感恩之情；而那隻替代殘荷的水鳥變成─最寒植物，引人對生命有更多發想。

王維在蕭瑟的秋裡，找到桂花、秋槐、紅葉、茱萸和芙蓉花來抒發感傷、詠嘆情感。在主題上的呈現，顯然較葉莎更為多元寬廣，秋既是離愁，也是送別和思鄉，而在生離死別，面臨存亡之際，那棵葉落空宮的秋槐，竟也被優雅的安排在凝碧池聆賞梨園弟子為偽官進行的管絃之奏，並且見證他們的悲憤，還有比這更愁秋的嗎？

## （四）冬季意象

### 1、葉莎冬詩的意象──寫景寄情

冬天是一年的最後一個季節，世界各國的人或是古今的人也都會把這個季節作為一年結束的象徵，一切要結束卻又要重新開始。

若以植物季節來分，葉莎運用的冬季植物意象有梅花、山茶花和紅梅。不過在葉莎截句中所呈現出來的冬之意象，倒不是一種死寂或是滅絕，也不是重新開始或是結束，她就是寫她想寫的感覺，試圖用一種動態描寫來幫助她的文字活躍，點亮她的內心思索，邀請讀者一起追逐並欣賞玩味她運用拆解、錯置，重新再組構的新意。〈梅花鹿〉便是一例：

---

[105] 葉嘉瑩：《迦陵學詩筆記上冊詩學》，臺北市：大塊文化，2013，頁167。

將曠野奔跑成風聲／有人記得梅花和小路／詩記得／牠疲倦的蹄子[106]

　　這首截句呈現出的效果，如同甘遂所言，葉莎詩人常以隨性方式來寫詩，似乎呼應遙遠的詩歌源頭，卻又契合現代精神，使得作者這些飄忽不定的莫名思緒，對應現實生活的場景的瞬間感知，及內心的隱密思索，都能構成內外在世界的相互投射，[107]交錯產生一種獨特的文學美感，造就她個人的特殊風格。〈梅花鹿〉如此，〈綠繡眼〉也如此，〈早晨〉亦如此，

我的羽毛更綠了／約好了，一邊啼叫／一邊學波浪飛行／成為紅梅最愛看的海〈綠繡眼〉[108]
他留了一份早報給我／攤開，盡是醜陋的新聞／遠不如庭院含羞的山茶花／不輕易洩漏美〈早晨〉[109]

　　詩境之描寫、意圖構造的，都是詩人內心最深的思維與情感反映。

## 2.王維冬詩的意象

　　根據吳啟禎的研究，他提到王維詩在冬天出現的意象植物有

---

[106] 葉莎：〈梅花鹿〉，葉莎：《葉莎截句》，臺北市：秀威資訊科技，2018，頁31。
[107] 甘遂：〈推薦序——淺談葉莎的截句選〉，葉莎：《葉莎截句》，臺北市：秀威資訊科技，2018，頁17。
[108] 葉莎：〈綠繡眼〉，葉莎：《葉莎截句》，臺北市：秀威資訊科技，2018，頁54。
[109] 葉莎：〈早晨〉，葉莎：《葉莎截句》，臺北市：秀威資訊科技，2018，頁49。

海樹秋、出東林、竹暗喧、樹、草枯、衰柳、花等，[110]如〈冬夜書懷〉的「草白靄繁霜，木衰澄清月」，筆者以植物季節來劃分，發現王維篩選出絕句中有〈孟城坳〉的古木意象是衰柳，另一個是〈雜詩〉的寒梅，分屬兩種不同主題。

## （1）寫景寄情

王維在歷盡政治的起伏與滄桑後，他來到輞川別業這裡，這是在山間一個平地。以現代說法就是在陝西藍田的輞川谷口一帶，據說這個別業或稱別墅是唐詩人宋之問的別墅，這裡有二十個勝境，王維曾把這裡的美景都畫進《輞川圖》，孟城坳和文杏館都是其中一景。

新家孟城口，古木餘衰柳。〈孟城坳〉[111]

這兩句是說王維剛搬到孟城口的新居時，看到過去的堂榭館亭〈即供人聚會玩樂的亭臺房子〉都已經不見，只剩下一些古木和衰柳，因而感慨人去樓空的不勝唏噓。後兩句他就問：「來者復為誰？空悲昔人有！」不禁問今日這裡是屬於我，但將來又會有誰來呢？我今感嘆過往的情形，那後人又會如何來看待現在的我呢？所以一切都是一種徒然的空悲而已！[112]

看似一種徒然的悲嘆，今日讀來卻深感那個枯木和衰柳用得真貼切，把人世、朝代的起落盛衰全交代了，花開花落，生老病死，

---

[110] 吳啟禎：《王維詩的意象》，臺北市：文津，2008，頁280。
[111] 王耀福：《王維詩選》，臺北市：遠流出版，1988，頁4。
[112] 同16。

潮起潮落，半點不由人呢！

## （2）思鄉之情

記得筆者曾經旅學於國外一段時間，有次過年，友人邀去圍爐，她煮了一鍋玉米湯，煎了六個餡餅，當那含有熟悉肉香的餡餅放進嘴裡那刻，眼淚不禁落下。所以對於王維一個人旅居在外，當遇到來自故鄉的人，對家鄉全部的思念一下翻倒在地，一咕嚕全擠到嘴邊，卻只問故鄉窗戶旁的那株寒梅開花沒？那種感覺在那當下便深刻明白。

> 來日綺窗前，寒梅著花未？〈雜詩二〉[113]

試想在一個空寂蕭瑟的寒夜裡，讓一株梅花開在心中的故鄉窗戶邊，這等思念故鄉的情意又是何等孤單寂寞的心情？因為有寒梅的意象，取代所有的親人友人家鄉事物，撲鼻而來的梅香，反而讓人掬出一把感傷淚。

在冬季的詩作表現上，詩人葉莎的冬比起王維顯得略為輕鬆而有點活力，紅梅是景，山茶花是含蓄美對照出社會的醜陋不堪；而王維的枯木衰柳則是乘載千年來的興衰起落，那株梅花雖比不上千年之憂思，卻也是有思鄉片刻不能承受的輕，兩主題都甚為凝重。

## （五）不特定季節之意象

最後，筆者想談談不特定季節的植物意象與主題，這兒所謂不

---

[113] 同14，頁22。

特定季節的植物，是指這植物長年生，或是長年綠，難以斷定其季節屬性，所以歸入這部分來進行主題分類與討論。在不特定季節部分，葉莎截句的意象：有新葉、葉脈、鬼針草、小草、野花、葉、花、森林等。王維的絕句包含的植物意象：有綠蒲、綠樹、青苔、長松、幽篁、深林。以下分述之。

### 1、葉莎不特定季節的詩之植物意象

比起其他國家或區域來說，臺灣應算是四季較不分明，許多植物四季開花或是四季常綠，難以明確斷定是屬於那一季節的植物，故放在這兒一併討論。文學評論一般而言，無關是非，或是科學所談的對錯正確與否？大多在於作者與讀者之間的感受交流和回應，因此筆者在這兒僅嘗試分享一些閱讀的思索與看法。

#### （1）寫景寄情

不論在那個季節，那個景物，我們好像都可以看到葉莎詩人，從來都是借景來描繪她想要的表達的那個思想或是情感的世界。這些描寫幾乎都是在她生活週遭瑣碎細小的事物或植物，彷彿她自己就隱身其中，看似卑微渺小，但是她詩的意境總是能是放出最大的能量。我們先來看〈門〉，

> 幾片新葉
> 從門縫裡鑽出來
> 發現身旁有誰寫下墨跡
> 世界早已舊了[114]

---

[114] 葉莎：〈門〉，葉莎：《葉莎截句》，臺北市：秀威資訊科技，2018，頁62。

這幾片新葉好像冬眠一般的甦醒後，溜出門縫看看世界，發現這世界已斑駁，變黑變舊，大有感嘆世態炎涼，瞬間變幻的唏噓，但作者並未直言，留待給讀者來品嘗玩味。再讀〈同意〉，

　　　　蚱蜢可以爬上背脊
　　　　咬斷幾根葉脈
　　　　同意露珠夜半入夢
　　　　讓夢半濕半寒[115]

　　讀〈同意〉時，我們不禁問是誰同意蚱蜢可以爬上脊背咬斷葉脈？是什麼同意露珠來擾清夢，讓夢半濕半寒？從詩裡感受的是那片葉子，那片就整棵樹而言微不足道的葉子，卻因為同意讓蚱蜢爬上脊背咬斷葉脈藉以活存；同意露珠來黏著，產生水分滋潤樹木還有世界，所以即使我這片樹葉犧牲奉獻了我那個美夢，一切都值得。若是再放大一點，一個人之於一個家的犧牲奉獻；再放大一些，一群人對於整體社會國家，若能挪讓犧牲一些，那麼即使是半濕半寒，也堪稱值得。在這兒，作者一樣是縮小自己，用景物去展現自己內在最崇高的想法。

　　這個小小的我，雖然有時語帶鋒利，如刺蝟般的亮刺嚇人，但若不是環境的不友善，我也不會變成如今的我，在〈鬼針草〉中，作者就是讓鬼針草這種小時柔弱、優雅、禮讓長者與大自然，轉為現今自己的鋒芒畢露，對抗世界作辯解，

---

[115] 葉莎：〈同意〉，同40，頁43。

未長出刺之前
我也曾是溫婉的花
儘量壓低身子
避免阻擋老屋的風華[116]

而筆者感覺最能作為詩人代言者的,則是那棵小草,

〈小草〉

左顧,彩霞往西飛
右盼,蝙蝠飛往東邊的洞穴

我雙眼追逐
卻安穩立足[117]

這棵對世界抱持好奇與學習精神的小草,展開雙眼仔細觀察世界,細細品味人生,日復一日,卻不會隨世俗而舞,依舊安然立足在自己的崗位,自我內心的信念與堅持,如同作者個人的理想,盡情在詩的世界裡展現自我,卻不隨波逐流,茫然迷失自我。

（2）禪趣與生命、信仰

初次讀葉莎截句,便可品嘗體會到她那股淡然發送的佛禪意味,若可以武斷的說,筆者認為葉莎的詩,除了寫來抒發自己的心志外,她最大的企圖是把佛家思想與禪悟,還有她對生命的思考反

---

[116] 葉莎:〈鬼針草〉,同40,頁59。
[117] 葉莎:〈小草〉,葉莎:《葉莎截句》,頁44。

饋，藉由淺顯易懂的詩句來傳送，澈底的清楚的說明，佛理不在遠方，頓悟瞬間不因偉大事件，它總是在我們的生活周遭四處，在於生死轉換、內心空明後的體悟，明白這道理，追求佛的境界與禪道之悟，便不遠。我們先看〈預兆〉，

> 你坐傷了一片青草
> 青草折彎了夢
> 月在水中讀著
> 水在月中游過[118]

　　我們總是認為這世間自己就是受害者，但相較於大自然受到的蹂躪，人之你我對它們的摧殘，這一切又算得了什麼？「月在水中讀著／水在月中游過」談的是一種「假有」、「空」的思辨，如同聖嚴法師所言：「所有人、事、物，任何可以表現出來的現象，不管是生理現象、物理現象、心理現象，都是暫有的，不是永恆的存在。」[119]從來英雄好漢也僅是一種暫有現象，而今安何在？又如〈此生〉，

> 有些熟黃有些嫩綠
> 靈魂是風中之葉，搖著孤獨
> 你翻開也好，闔上也好
> 悲喜夾進書頁字生字滅[120]

---

[118] 葉莎：〈預兆〉，葉莎：《葉莎截句》，頁89。
[119] 聖嚴法師講：《金剛經》，臺北市：法鼓文化，1999，頁49。
[120] 葉莎：〈此生〉，葉莎：《葉莎截句》，頁67。

不管熟黃還是嫩綠，如風中之葉搖著孤獨的靈魂，便是一種自我中心的呈現，由貪嗔癡慢疑構成的我執，不管談論抑或是不談，都是執迷於心，詩人用「悲喜夾進書頁字生字滅」，自生自滅的同音字，來思辨我執於萬生相中的意義，除非放掉忘卻，不然苦寂是必然。那死亡又是一種怎樣的況味？葉莎嘗試為死亡定義，或是如滄海桑田，或是蠶繭絲綢，又或是流星願望，林木柴薪，還是肉體靠近熔爐也是一種生死交換的可能？

　　〈死亡〉


　　像滄海無悔成桑田，蠶無悔變成布
　　星星無悔變願望，森林無悔變薪柴
　　我一步一步靠近熔爐
　　熔爐也一步一步接近我[121]


　　對於生命的思索，往往在人自我面對或是極其安靜情境下，思慮才誠然空淨，也才得以面對自己不敢或是未曾深切去尋索的生命意義。葉莎因為先生在短短十一天之中便由生至死，生命現象的轉換，是由繁花盛開到落英繽紛到飛灰湮滅，未經歷怎知其痛，未面臨怎知生與死有多大的不同？

---

[121] 葉莎：〈死亡〉，葉莎：《葉莎截句》，頁37。

〈熄燈〉

某些慾念適合黑夜
例如談花或遠去的蜂蜜
例如貧窮或死亡的覥腆
例如愛與恨[122]

　　而這一切只有撚燈熄滅或是生命結束之際時，始得照見，也才
敢面對或又不得不面對。

　　讀葉莎截句會發現，她在不特定季節中選擇的花、草、葉、
森林等，因為沒有具體指稱和名相，所以就無所固執俗相的框架。
作者在這兒抒發了自己的心志，也讓佛講三十二相，實為無相，得
到最好的探究出口，宛若千江有水千江月，江不分大小，有水即有
月；人不分高低，有人便有佛性。如月照江水，無所不映。只要有
心向佛，便如江水有明月。

## 2、王維不特定季節的詩之植物意象

### （1）述志

　　據說唐玄宗李隆基（685年－762年）有個哥哥叫做李憲，封寧
王，在寧王府旁有個賣餅的人家，妻子長得很標緻，寧王看上了，
硬用錢把她給弄來。一年多以來，當寧王問她：你還想念餅師嗎？
那女子總是不答。有一天，寧王派人把餅師叫來讓他們相見，只見

---

[122] 葉莎：〈熄燈〉，葉莎：《葉莎截句》，頁91。

她默默看著前夫，熱淚盈眶，悲傷不已；當時在座的人政商名流，也不禁感到悽愴。這種情形跟春秋時期有個息夫人〈息國國君的夫人〉長得很美，楚文王為了得到她，派兵滅息，強娶為妻，後來都已經生了兩個小孩，息夫人卻未曾跟楚王講過一句話，楚王問原因，息夫人的回答也讓人心酸，他說一女事二夫，縱然不能死，又有什麼話好說呢？[123]王維這首詩便是在為這強權暴力下，無力抵抗掙脫的弱女子發聲，用典來說出其心中的哀傷與無奈。

> 看花滿眼淚，不共楚王言。〈息夫人〉

一句「莫以今時寵，能忘舊日恩」提醒世人，不要以為有金錢地位，就可以取代所有的過去的情感，弱女子還是有她們內心忠貞的堅持。這是不是也在講王維自己對朝廷的忠心耿耿，不容被誤解？

### （2）寫景寄情

王維到輞川居住後，不但以當地景物入畫，也總是獨自一人出遊，細察周遭景物，〈白石灘〉一詩是描寫詩人在夜裡順溪行走，因為月光很亮，所以看得到溪裡的綠蒲長得青翠可人，

> 清淺白石灘，綠蒲向堪把。〈白石灘〉

甚至可以看到住在河附近的人在明月下到溪邊洗衣的情景。許是畫家緣故，王維顯然很注意環境光線和色彩的變化，[124]整首詩語

---

[123] 王耀福：《王維詩選》，臺北市：遠流出版，1988，頁17。
[124] 同16，頁11。

言淺顯，卻也清新可人。

　　到輞川擔任一個小官，原本還想朝廷是不是會召回？慢慢發現宰相張九齡也被小人所陷害失勢，王維漸漸轉念開始喜歡這種清心寡慾的日子，

　　　　古人非傲吏，自闕經世務。偶寄一微官，婆娑數枝樹。〈漆園〉[125]

　　〈漆園〉這首詩，王維自比為一名不諳政治運作之道的小官，不懂如何結交權貴，爭名奪利，每天像莊周一樣看顧漆園，和幾棵樹相處倒也怡然自得。[126]又如〈與盧員外象過崔處士興宗林亭〉一詩，

　　　　綠樹重陰蓋四鄰，青苔日厚自無塵。科頭箕踞長松下，白眼看他世上人。[127]

　　王維描寫他的好朋友盧象，一個隱士，瞧不起世俗鄙陋的人，獨自一人住在綠蔭深罩的地方，常常光著頭，蹲坐在松樹下，不受塵俗的干擾，過得非常悠閒自在。表面上藉由寫景談論他朋友的高操情節，其實也在說明詩人王維也是嚮往這樣的生活境界與情操。[128]

---

[125] 王耀福：《王維詩選》，臺北市：遠流出版，1988，頁13。
[126] 同16，頁13。
[127] 同16，頁34。
[128] 同16，頁34。

## （3）禪趣／閒靜

王維自小受到母親的影響篤信佛教，時時研讀佛經，不論是以動物或是植物寓禪入詩都充滿自在、放空的禪趣。深於佛理，就不許感情有所衝動，也沒有朝氣蓬勃，歡騰雀躍之情。如〈鹿柴〉，

空山不見人，但聞人語響。返景入森林，復照青苔上。[129]

詩人透過所視所聽，在句中用一短暫的「人語響」反襯出長久的空寂，一種一人獨居萬籟俱寂的空靈；又讓光亮照在青苔為幽暗的深林帶來一點生意。葉嘉瑩認為王維的禪悅，非世俗的喜悅，是屬於與佛之寂滅、涅槃相隨的，所以他寫快樂是法喜，寫悲傷亦是法喜。故而送別要超於悲慘，寂寞也得超然於孤寂之上，永不失其度。[130]又如，

文杏裁為梁，香茅結為宇。不知棟裏雲，去作人間雨。〈文杏館〉[131]

詩人從「文杏裁為梁，香茅結為宇」，從一棵珍貴的文杏樹變成梁，從梁想到「棟裡雲」，想起郭璞〈遊仙詩〉裡的「雲生梁棟間，風出窗戶裡。」而雲不久可能又變成雨灑落人間，由一層又一層的變化去體會到人生變化無常所產生的聯想。[132]

---

[129] 王耀福：《王維詩選》，臺北市：遠流出版，1988，頁5。
[130] 葉嘉瑩：《迦陵學詩筆記上冊詩學》，臺北市：大塊文化，2013，頁173-178。
[131] 同55。
[132] 同21。

再如〈竹里館〉

獨坐幽篁裡，彈琴復長嘯。深林人不知，明月來相照。[133]

葉嘉瑩認為詩就是一種人生、人世、人事的反映，沒有一種世間之法不是詩法，整首詩感覺是一種靜，卻不是死靜，反而呈現一種佛所講的「寂滅」。[134]

那筆者認為王維許多的詩也都是在反映他的人生，即他所遭遇的人事與人世，曾經的京華煙雲，最後還是成為過眼雲煙，所以他了解人生，再度反照他的內心，而禪悟在其中。

在不特定季節中，王維運用來作為意象的植物，有花有樹有竹有松有文杏有深林青苔等，多數也是不具特定形狀意象的植物，讓讀者有較多的想像與反映在其中。

葉嘉瑩（1924－）主張新詩與舊詩的不同，不應只是形式上的，而是在於內容上的差異，舊詩有詩的散文音樂之表現性，而新詩應要有新詩的境界。[135]整體而言，在季節與主題上之呈現，王維和葉莎的詩作相較，他們同樣都喜愛引領植物入詩，他們對生命各有自己的思念與堅持，同樣喜愛讓植物為他們內心的志向做說明，愛讓植物幫他們展現生活中各種喜怒哀樂悲歡離合的樣態；而兩者最大的企圖，都是運用詩作展現出禪悅與禪悟，佛道以及生命深層思考之層面。一個現代，一為古代；一為截句，一為絕句；一慣用文字重新排列錯置，跳脫現實實際的樣貌，重得文字趣味，一個是

---

[133] 同21，頁12。
[134] 同22，頁428。
[135] 葉嘉瑩：〈知・覺・情・思〉，《嘉陵學詩筆記　上冊詩學》，臺北市：大塊文化，2013，頁362。

運用典故、時而直述，時而迂迴繞行，文字立論不失典雅與宏觀；可他們卻也不約而同的探索生命究竟，並以禪悟佛觀作為他們生命深度的最終信靠。

## 參考文獻

王福耀選注：《王維詩選》，臺北市：遠流，1988。

王潤華：〈王維詩學〉，龔鵬程主編：〔古典詩歌研究彙刊第11冊〕，新北市：花木蘭文化，2010。

吳啟禎：《王維詩的意象》，臺北市：文津，2008。

吳戰壘：〈3意象〉，《中國詩學》，臺北市：五南，1993。

李瑞騰：〈截句作為一種詩的類型〉，《現代截句詩學研討會會議論文集》，2018。

秀實：〈截句的一種嶄新模式——讀葉莎《幻所幻截句》〉，葉莎：《幻所幻截句》，2018。

林文欽：〈第二篇　鑑賞教學的重點——認識詩的意象〉，《現代詩的鑑賞教學研究》，高雄市：春暉，2000。

林書堯：《色彩認識論》，臺北市：三民，1995。

邱燮友註譯：《新譯唐詩三百首》，臺北市：三民，2006。

蔣一談：〈截句一種生活方式——關於截句的思考與回顧〉，《現代截句詩學研討會會議論文集》，2018。

高明總編審：《唐詩新賞3王維》，新北市：錦繡出版，1992。

黃麗容：《李白詩色彩學》，臺北市：文津，2007。

黃永武：《詩與美》，臺北市：洪範，1984。

黃永武：《中國詩學　思想篇》，臺北市：巨流圖書，1988。

葉莎：《幻所幻截句》，臺北市：秀威資訊科技，2017。

葉莎：《葉莎截句》，臺北市：秀威資訊科技，2018。

葉朗：《中國美學史大綱》，上海：上海人民，1985。

葉嘉瑩：《迦陵論詩》，臺北市：大塊文化，2012。

葉嘉瑩：《迦陵學詩筆記上冊詩學》，臺北市：大塊文化，2013。

聖嚴法師講：《金剛經》，臺北市：法鼓文化，1999。

潘富俊：《全唐詩植物學》，臺北市：貓頭鷹出版，2018。

蕭水順：《青紅皂白》，臺北市：故鄉出版社，1979。

蕭蕭：〈論詩誠於心〉，蕭蕭：《燈下燈》，臺北市：東大，
　　1980。

蕭蕭：〈七首截句所呈現的臺灣新詩浮流〉，《現代截句詩學研討
　　會會議論文集》，2018。

簡政珍：《詩的瞬間狂喜》，臺北市：時報文學，1991。

## 古籍

〔漢〕，許慎　著，〔清〕，段玉裁注：《說文解字注》。

〔清〕蘅塘退士選輯；〔清〕章燮注疏；〔清〕陳婉俊注解；林宏
　　濤、陳名珉校勘：《唐詩三百首》，臺北市：商周，2018。

## 網路資料

弗羅斯特經典英語詩歌代表作：The Pasture牧場（雙語），網路
　　搜尋http://3g.en8848.com.cn/read/poems/mjsg/199238.html，
　　2019/03/03擷取。

客家電視《暗香風華》EP150專訪葉莎：葉莎——詩於我，也是藥
　　也是路，2018年3月28日，網路搜尋https://www.youtube.com/

watch?v=ZicV3w8Elmw，2019/03/03擷取。

《欽定四庫全書》子部十一　編藝文類聚・卷五十六，影印古籍
　　全書・子部十一・類書類，原書來源：浙江大學圖書館。網
　　路搜尋https://ctext.org/yiwen-leiju/zh?searchu=%E6%96%87%E8%
　　B3%A6，2019/03/17擷取。

表一：葉莎截句的植物意象

| 詩名 | 植物 | 意象句 | 顏色 | 季節 | 主題／議題 |
|---|---|---|---|---|---|
| 聽過一種鳥聲 | 白杜鵑 | 被一株白杜鵑挽留 | 白 | 春 | 鳥聲 |
| 訪友 | 櫻花 | 櫻花沿路奔跑 | 紅 | 春 | 訪友 |
| 春天的事 | 櫻花 | 一起看過一場櫻花之後 | 紅 | 春 | 失戀 |
| 致老屋 | 嫩葉 | 至於三心二意的嫩葉<br>全為了欺瞞春風 | 綠 | 春 | 寫景寓情 |
| 世事 | 嫩百合 | 嫩百合抖抖濕漉漉的身子 | 不特定 | 春／夏 | 世事難料 |
| 早晨 | 山茶花 | 遠不如庭院含羞的山茶花 | 不特定／紅 | 冬 | 諷刺／含蓄之美 |
| 綠繡眼 | 紅梅 | 成為紅梅最愛看的海 | 紅 | 冬 | 寫景寓情 |
| 門 | 新葉 | 幾片新葉<br>從門縫裡鑽出來 | 綠 | 不特定 | 斑駁 |
| 東窗是花 | 茉莉 | 索性喝一口茶，喚她<br>茉莉，潔淨芬芳 | 白 | 夏 | 潔淨如初 |
| 荷 | 葉 | 似蝶，非蝶<br>似葉，非葉 | 不特定 | 夏 | 荷如佛 |
| 水鳥 | 殘荷 | 明明殘荷無聲而寥寂 | 褐 | 夏末秋初 | 寫景寓情 |
| 鳥的幸福 | 枝椏<br>草原 | 家，築在瘖啞的枝椏<br>巢是草原乾枯的髮 | 褐 | 秋冬 | 幸福 |
| 梅花鹿 | 梅花 | 有人記得梅花和小路 | 白 | 冬 | 梅花鹿 |
| 此生 | 葉 | 有些熟黃有些嫩綠<br>靈魂是風中之葉，搖著孤獨 | 黃<br>綠 | 不特定 | 靈魂之生滅 |
| 預兆 | 青草 | 你坐傷了一片青草<br>青草折彎了夢 | 青／綠 | 不特定 | 預兆／折損 |
| 熄燈 | 花 | 例如談花或遠去的蜂蜜 | 不特定 | 不特定 | 熄滅／死亡 |
| 死亡 | 森林 | 森林無悔變薪柴 | 綠 | 不特定 | 死亡 |
| 同意 | 葉脈 | 咬斷幾根葉脈 | 綠 | 不特定 | 包容 |
| 小草 | 小草 | 左顧，彩霞往西飛<br>右盼，蝙蝠飛往東邊的洞穴<br><br>我雙眼追逐<br>卻安穩立足 | 綠 | 不特定 | 小草／安身立命 |
| 鬼針草 | 花 | 未長出刺之前<br>我也曾是溫婉的花<br>儘量壓低身子<br>避免阻擋老屋的風華 | 白 | 不特定 | 寫景寓情 |
| 野花 | 野花 | 我已經抹了胭脂<br>但沒有人，叫喚我的名字<br>關愛是一種奢侈<br>野，是一種主義 | 胭脂／紅 | 不特定 | 渴求關愛 |

## 表二：王維絕句的植物意象

| 詩名 | 植物 | 意象句 | 顏色 | 季節 | 議題／情感表現 |
|------|------|--------|------|------|----------------|
| 寒食汜上作 | 落花 楊柳 | 落花寂寂啼山鳥， 楊柳青青渡水人。 | 不特定 綠 | 春 | 旅途有感 |
| 萍池 | 綠萍 垂楊 | 靡靡綠萍合， 垂楊掃復開 。 | 綠 | 春 | 寫景 |
| 柳浪 | 柳 | 分行接綺樹 | 綠 | 春 | 讚美柳浪 |
| 送別 | 春草 | 春草年年綠 | 綠 | 春 | 送別 |
| 相思 | 紅豆 | 紅豆生南國， | 紅 | 春 | 讚美景物 |
| 閨人贈遠其一 | 花 柳 | 花明綺陌春， 柳拂御溝新。 | 綠 | 春 | 閨情 |
| 閨人贈遠其二 | 綠樹 | 啼鶯綠樹深， | 綠 | 春 | 閨情 |
| 少年行 | 垂柳 | 繫馬高樓垂柳邊。 | 綠 | 春 | 刻劃少年豪氣 |
| 送元二使西安 | 柳 | 客舍青青柳色新。 | 綠 | 春 | 惜別 |
| 送沈子福歸江東 | 楊柳 | 楊柳渡頭行客稀， | 綠 | 春 | 送別 |
| 白石灘 | 綠蒲 | 綠蒲向堪把 | 綠 | 夏 | 寫景 |
| 辛夷塢 | 芙蓉花 | 木末芙蓉花， 山中發紅蕚。 | 紅 | 秋 | 寧靜 |
| 崔九弟欲往南山馬上 口號與別 | 桂花 | 山中有桂花， 莫待花如霰。 | 黃 | 秋 | 喜別 |
| 九月九日憶山東兄弟 | 茱萸 | 遍插茱萸少一人。 | 紅 | 秋 | 思親 |
| 菩提寺禁，裴迪來相 看，說逆賊等凝碧池 上作音樂，供奉人等 舉聲便一時淚下，私 成口號，誦示裴迪 | 秋槐 | 秋槐葉落空宮裡， | 黃／綠 | 秋 | 悲情 |
| 秋夜曲 | 桂魄 | 桂魄初生秋露微， | 黃 | 秋 | 閨怨 |
| 鳥鳴澗 | 桂花 | 人間桂花落 | 黃 | 秋冬到春 | 嫻靜 |
| 山中 | 紅葉 | 天寒紅葉稀。 | 紅 | 秋末冬初 | 寫景 |
| 孟城坳 | 古木 衰柳 | 古木餘衰柳 | 褐 | 冬 | 空悲 |
| 雜詩二 | 寒梅 | 寒梅著花未？ | 白 | 冬 | 思鄉 |
| 文杏館 | 文杏 香茅 | 文杏裁為梁， 香茅結為宇。 | 綠 | 不特定 | 色空思想 |
| 鹿柴 | 森林 青苔 | 返景入森林， 復照青苔上。 | 綠 | 不特定 | 閒靜 |
| 竹里館 | 幽篁 深林 | 獨坐幽篁裡， 深林人不知， | 綠 | 不特定 | 閒靜 |

| 詩名 | 植物 | 意象句 | 顏色 | 季節 | 議題／情感表現 |
|---|---|---|---|---|---|
| 漆園 | 數枝樹 | 婆娑數枝樹 | 綠 | 不特定 | 抒發情感 |
| 息夫人 | 花 | 看花滿眼淚 | 不特定 | 不特定 | 抗議暴力 |
| 與盧員外象過崔處士興宗林亭 | 綠樹青苔長松 | 綠樹重陰蓋四鄰，青苔日厚自無塵。科頭箕踞長松下， | 綠青 | 不特定 | 隱士 |

### 表三：莎截句季節與主題意象

| 季節<br>主題 | 春 | 夏 | 秋 | 冬 | 不特定 |
|---|---|---|---|---|---|
| 情感／離別 | 一起看過一場櫻花之後〈春天的事〉 | | | | |
| 寫景寄情 | 被一株白杜鵑挽留〈聽過一種鳥聲〉<br>櫻花沿路奔跑〈訪友〉<br>至於三心二意的嫩葉<br>全為了欺瞞春風〈致老屋〉 | | 明明殘荷無聲而寥寂〈水鳥〉<br>家，築在瘂啞的枝椏<br>巢是草原乾枯的髮〈鳥的幸福〉 | 有人記得梅花和小路〈梅花鹿〉<br>遠不如庭院含羞的山茶花〈早晨〉<br>成為紅梅最愛看的海〈綠繡眼〉 | 幾片新葉／從門縫裡鑽出來〈門〉<br>咬斷幾根葉脈〈同意〉<br>未長出刺之前／我也曾是溫婉的花〈鬼針草〉<br>我雙眼追逐／卻安穩立足〈小草〉<br>我已經抹了胭脂／但沒有人，叫喚我的名字〈野花〉 |
| 世事難料 | 嫩百合抖抖濕漉漉的身子〈世事〉 | | | | |

| 季節\主題 | 春 | 夏 | 秋 | 冬 | 不特定 |
|---|---|---|---|---|---|
| 禪趣／生命／信仰 | | 索性喝一口茶，喚她茉莉，潔淨芳芳〈東窗是花〉<br>似蝶，非蝶似葉，非葉〈荷〉 | | | 有些熟黃有些嫩綠／靈魂是風中之葉，搖著孤獨〈此生〉<br>你坐傷了一片青草／青草折彎了夢〈預兆〉<br>某些慾念適合黑夜／例如談花或遠去的蜂蜜〈熄燈〉<br>像滄海無悔成桑田，蠶無悔變成布／星星無悔變願望，森林無悔變薪柴〈死亡〉 |

表四：維絕句季節與主題意象

| 季節\主題 | 春 | 夏 | 秋 | 冬 | 不特定 |
|---|---|---|---|---|---|
| 送別 | 春草年年綠〈送別〉<br>客舍青青柳色新。〈送元二使西安〉<br>楊柳渡頭行客稀，〈送沈子福歸江東〉 | | 山中有桂花，莫待花如霰。〈崔九弟欲往南山馬上口號與別〉 | | |
| 閨怨 | 花明綺陌春，柳拂御溝新。〈閨人贈遠其一〉<br>啼鶯綠樹深，〈閨人贈遠其二〉 | | | | |
| 述志 | 繫馬高樓垂柳邊。〈少年行〉 | | | | 看花滿眼淚〈息夫人〉 |

| 季節 主題 | 春 | 夏 | 秋 | 冬 | 不特定 |
|---|---|---|---|---|---|
| 旅遊／寫景寄情 | 落花寂寂啼山鳥，楊柳青青渡水人。〈寒食汜上作〉靡靡綠萍合，垂楊掃復開。〈萍池〉分行接綺樹〈柳浪〉 | | 秋槐葉落空宮裡，〈菩提寺禁，裴迪來相看，說逆賊等凝碧池上作音樂，供奉人等舉聲便一時淚下，私成口號，誦示裴迪〉桂魄初生秋露微，〈秋夜曲〉 | 古木餘衰柳〈孟城坳〉天寒紅葉稀。〈山中〉 | 綠蒲向堪把〈白石灘〉婆娑數枝樹〈漆園〉綠樹重陰蓋四鄰，青苔日厚自無塵。科頭箕踞長松下，〈與盧員外象過崔處士興宗林亭〉 |
| 思念懷鄉 | 紅豆生南國，〈紅豆〉 | | 遍插茱萸少一人。〈九月九日憶山東兄弟〉 | 寒梅著花未？〈雜詩二〉 | |
| 禪趣／閒靜／隱士 | 人閒桂花落〈鳥鳴澗〉 | | 木末芙蓉花，山中發紅萼。〈辛夷塢〉 | | 文杏裁為梁，香茅結為宇。〈文杏館〉返景入森林，復照青苔上。〈鹿柴〉獨坐幽篁裡，深林人不知，〈竹里館〉 |

# ▎臺灣截句選集中鳥蟲篇之評析

楊正護

## 摘　要

　　臺灣現代詩走向輕、薄、短、小，最近流行的截句，在華文藝文圈掀起巨大風潮，這樣的詩作普遍共識以四行為度，每行字數不等，不受古典詩格律、音韻、字數的約制，可以感興的自由發揮。臺灣在近兩三年由秀威資訊出版一系列截句詩選，個人綜覽各家詩作從中挑出與鳥蟲有關的詩，分別加以整理並試加評述。挑選鳥蟲篇為議題，乃因周秦兩漢出現一種美化的篆字——鳥蟲書；而詩經記述的鳥類近80種，對各種鳥類的形態、生態等有所描述。昆蟲是地球上種類和數量最多的生物，不僅在生態系中扮演極重要的角色，並且和人類的關係非常密切，牠們在人類歷史中吸引不少目光，甚至成為文學、美術、音樂、雕刻及哲學上的重要素材。因此本論文就鳥類挑選鳥、鷹、鴿子，蟲類以蟬、螢火蟲、蝴蝶為題，分別就各詩作加以闡述。詩人對這些生物的觀察並以細膩的筆觸或驚人之語流露在詩作中，詩人都發揮了驚人想像力，意各有所指。例如〈雨壓啼聲〉喻黑暗勢力的打壓。〈木炭的愛與怨〉喻對破壞

山林生態的怒吼與抗議。〈有鳥飛過〉見景即生想像，引起詩思。有關螢火蟲的詩作，共同認為螢火蟲生命雖短暫，但卻發光發出生命的熱情。其他評析見之內文，這類型的詩作值得一再賞讀。

**關鍵詞**：臺灣截句、鳥、蟲、詩題、評析

# 一、前言

　　最早提出截句這一語詞而廣為流行的，也許是蔣一談（1969－），在2015年11月出版題〈截句〉的詩集，後記略述2014年秋，在美國舊金山中國功夫館，看見李小龍（李振藩，Bruce Jun Fan Lee, 1940－1973）的照片，想起他獨創截拳道的功夫美學：簡潔、直接和非傳統，因此他將自作的隨筆稱之為截句而出版。

　　這樣的作品，在臺灣稱為「小詩」，十行以內、百字以下，最早有向陽《十行集》，周慶華《七行詩》，蕭蕭三行詩《後更年期的白色憂傷》，林煥彰編的《六行詩集小詩磨坊》，白靈《五行詩及其手稿》，瓦歷斯，諾幹《當世界留下二行詩》，岩上《岩上八行詩》，這種小詩的創作，也影響到海外華文文學，如菲律賓王勇（1966－）堅持上限六行、五十字的閃小詩系列。更有甚者，降至〈一行詩〉的推廣：2005年吹鼓吹詩論壇有一行詩推敲徵選。同樣以「截句」或「絕句」為名，以四行為限的，有劉正偉（1967－）《新詩截句一百首》，曾美玲（1960－）的《相對論一百》，劉正偉在序言中約略提及：「新詩絕句的唯一規則，就是只寫四行，而沒有字數、形式與格律上的限制。與古時候五言絕句一樣四行稱為絕句。」不過，蔣一談對於截句，提出其詩觀，頗令人值得思考：「截句是一種絕對和坦然，是自我與他我的對視和深談，……截句，截天截地截自己。」[1] 探討「截句」作為一種文類，其生成，一是從一首較長的詩中截取數句，通常是四行以內；或是詩人創作

---

[1]　蕭蕭：《新詩創作學》，臺北：秀威資訊，2017，頁86-88。

四行以內，表現美學正如同唐之絕句。也就是說，今之截句有二種：一是截的，二是創作的。但不管如何，二者篇幅皆短小，即四行以內，句絕而意仍令人回味無窮。

2017年臺灣詩學季刊社出版了13本截句詩集，還有一本新加坡卡夫的《截句選讀》、一本白靈編的《臺灣詩學截句選300首》。2018年出版了23本，其中包括華人地區的截句選，如新華、馬華、菲華、越華、緬華等截句選等等，截句影響的版圖也比前一年又拓展不少。[2]

這些詩作取材甚廣，花草蟲魚，鳥獸，人物與時勢，寫景寫意感懷之作等等。所涉太廣，本研究茲僅就鳥蟲篇擇其有關詩作加以賞讀並試加之評析，至於為何挑選鳥蟲篇詩作的理由，大致如下：

從中國文字演進史來看，最原始的甲骨文出自殷商，後有鐘鼎金文，周秦兩漢出現一種屈曲盤繞、巧妙地以魚蟲鳥變形體為點畫的，裝飾美化的篆字——鳥蟲文字。刻意美化過的篆字，更顯得神奇詭奧且更具情趣和魅力。[3]而記載中國鳥類的文獻，最早的詩經，距今已三千多年，其中記述的鳥類近80種之多，不僅有鳥名，且對各種鳥類的形態、生態等有所描述。[4]昆蟲是地球上種類和數量最多的生物，不僅在生態系中扮演極重要的角色，並且和人類的關係非常密切，尤其在文化上有不少昆蟲具有有趣的習性，如會鳴叫的蟬、蟋蟀、螽斯，美麗的蝴蝶，會發光的螢火蟲等等，牠們在人類歷史發展過程中，吸引不少人目光，甚至成為文學、美術、音樂、雕刻及哲學上的重要素材。[5]

---

2　蕭蕭：《大自在截句》，臺北：秀威資訊，2018，頁7。
3　徐谷甫：《鳥蟲篆全書》，上海：上海辭書出版，2008，頁2-3。
4　周鎮：《鳥與史料》，臺中：中華民國保護動物協會出版，1990，頁4。
5　歐陽盛芝、楊平世、李子寧：《蟲學與蟲藝》，臺北：國立臺灣博物館，2011，頁54。

爰此，把焦點放在鳥蟲篇為主題，閱讀這些書籍或網路電子書，歸納各個詩家以鳥類為題材的計有：鳥、雞、雀鳥、海鷗、燕子、鬥雞、杜鵑、鷹、啄木鳥、貓頭鷹、鵝、鷺鷥、斑鳩、烏鴉、鸚鵡、麻雀、鴿子、綠繡眼、放山雞、八哥等。其次蟲類選取題材的如飛蛾、螢火蟲、蠶、蟬、蜜蜂、蝴蝶、蚊子、蠹魚、小瓢蟲等。雖再縮小討論範圍鳥類限定為鳥、鷹、鴿子，蟲類限定蟬、螢火蟲、蝴蝶等六種。但從上述36本詩集中檢索鳥類有雀鳥25篇、鷹8篇、鴿子5篇，而檢索蟲類則有蟬23篇、螢火蟲8篇、蝴蝶13篇之多，經整理參見如附錄一，因篇幅所限僅能分別就各物種之詩作擇其4篇加以闡述。

## 二、鳥篇──自在飛翔託予遐想，以鳥、鷹、鴿為例

　鳥是兩足、恆溫、卵生、身披羽毛、前肢演化成翅膀、具有堅硬的喙、擁有色彩鮮艷的羽毛或者流線型的身軀，根據品種的不同可陸生、飛行或者潛水的一種有脊椎動物。鳥類的學名為獨立的鳥綱、和哺乳綱等並列。臺灣鳥類約有四百餘種，其中三分之一是隨季節遷徙的候鳥，有三分之一是臨近地區飛來或遷徙途中迷失的迷鳥，而另三分之一則是常年棲息在臺灣的留鳥。這些鳥分別在平地、山林、水邊等不同環境棲息。[6]詩人之作品中所出現以鳥為題材，應是家居常見的鳥類，例如：雀鳥、燕子、鴿子等或鄉野、海濱所見鷹、鷺、海鳥等。

---

6　謝覲：《臺灣的鳥類》，臺北：雷鼓出版社，1986，頁19。

## （一）鳥──泛稱雀鳥、鴻雁

〈雨壓啼聲〉　　葉莎

兩隻鳥不停趕雨
啼聲仰衝，將雲努力頂著
其中一朵雲執意降落
遂將啼聲壓的扁扁的[7]

　　這兩隻鳥可以想像是麻雀或八哥，如其他的鳥不太可能停駐
太久且頻率高的啼叫的。似乎這兩隻鳥停在屋脊或電線上不斷地鳴
叫，好像對風雨來襲前夕烏雲蓋頂的抗議。最後低層雲下起雨來，
將鳥淋濕，羽翅下垂，看起來鳥隻變扁扁的，或是從某個角度來看
一片烏雲貼近鳥兒，把鳥兒壓扁的感覺。在語境上還有不畏強權，
竭力力爭，終受壓制的意涵。

〈木炭的愛與怨〉　　蕭蕭

木炭裡曾經有蒼翠與露珠
如今去了何處？
鳥鳴山更幽的鳥呢？
鳥喉嚨裡的火一直在炭身內憤怒[8]

---

7　葉莎：〈雨壓啼聲〉，《幻所幻截句》，臺北：秀威資訊，2018，頁3。
8　蕭蕭：〈木炭的愛與怨〉，《大自在截句》，臺北：秀威資訊，2018，頁13。

採自森林的木材燒成木炭，原本蒼翠綠蔭蔥蔥的森林被濫墾濫伐，棲息在這片森林的鳥類失去了居所，四處飛散了。「鳥鳴山更幽」語出南北朝梁國王籍的《入若耶溪》「……蟬噪林逾靜，鳥鳴山更幽……」蟬聲高唱，樹林卻顯得格外寧靜；鳥鳴聲聲，深山裡倒比往常更清幽。此以矛盾語表達內在的真實，告訴我們鳥鳴時，我們的內心反而更寧靜。但如今往日的幽景不再，有不勝唏噓之感。然而當木炭被燃燒利用時，冒出的火舌，以形容那流離失所的鳥類的集體抗議，同時對人類不知珍惜森林資源，造成全球氣候變遷與暖化，已造成一種反撲的災害。

〈鳥飛──阿飛正傳〉　　　孟樊

沒有腳的那隻鳥只能一直飛

只有那麼一次　瀕死前
最後牠才落地[9]

這不是一隻單飛的鳥，而是一大群候鳥遷徙飛行，有組織的行動。在Discovery電視頻道有段鴻雁大遷徙的影片，帶頭的領航者不只一隻且會彼此交替擔負大任，側翼也有幾隻負責照顧衰弱與生病的同伴，群體鼓動的旋風可以使大家飛行有較少的阻力，並且間歇鳴叫以提振士氣，照顧同伴者直到被照顧衰弱致死後才放棄，且隨之歸隊，完成種族繁衍生存的使命。所以本詩似乎就如同鴻雁遷徙

---

[9]　孟樊：〈鳥飛──阿飛正傳〉，《孟樊截句》，臺北：秀威資訊，2018，頁31。

飛行中被照顧的弱者，在同伴的鼓勵下繼續力拼至死為止。我們人類真該向鴻雁們學習。白萩的散文詩〈雁〉也有這一段：在黑色的大地與／奧藍而沒有底部的天空之間／前途祗是一條地平線／逗引著我們／我們將緩緩地在追逐中死去，死去如／夕陽不知不覺的冷去。仍然要飛行／繼續懸空在無際涯的中間孤獨如風中的一葉……似乎有相同的感觸。

〈有鳥飛過〉　　　林煥彰


鳥從窗前飛過
那面窗被割了一道線


我想用詩修補它[10]


　　猜想本詩作者臨窗寫作，這時一隻小鳥飛過，作者描述以為窗戶被割了一道線，既然窗戶破了就要修補，用什麼修補，及時用詩修補它，是有想像空間的一首詩。
　　小結前四篇有關鳥的詩作，除了孟樊〈鳥飛阿飛正傳〉偏重於事實，似以鴻雁遷徙，堅持至死的意志外，另三篇詩人都發揮了驚人想像力，意各有所指。〈雨壓啼聲〉喻黑暗勢力的打壓。〈木炭的愛與怨〉喻對破壞山林生態的怒吼與抗議。〈有鳥飛過〉見景即生想像，引起詩思。

---

[10]　林煥彰：〈有鳥飛過〉，《林煥彰截句》，臺北：秀威資訊，2018，頁10。

## （二）鷹──鷙服眾鳥、翰飛戾天

　　鷹在鳥類的分類上指鷹屬的猛禽，也是小型鷹科猛禽的泛稱。而中文中較廣義不準確的用法也將鷹科、較大的隼科與鴞形目的鳥類俗稱為鷹。鷹為肉食性，牠們有鈎嘴、利爪、銳眼及強而有力的雙翼，性情兇猛，食物包括小型哺乳動物、爬行動物、其他鳥類以及魚類。鷹的雌鳥體型通常比雄鳥大。牠們凌空翱翔時，神態非常威武，捕捉獵物時更是迅疾、精準、勇猛，不愧是鳥中之王。[11]

　　〈鷹〉　　秀實

　　一展翅便把圓球

　　整個的拋在腳下[12]

　　從外太空看我們的地球，是一顆漂亮的藍色圓球，人若能飛高停留在空中，就能高瞻遠矚，視野廣濶，心胸開朗。可惜，人就在現實社會勾心鬥角，小鼻子小眼睛的眼界淺薄，其實世界還有多麼廣大值得去開拓，像老鷹一樣一飛沖天可以捉住全球的脈動。

　　〈寂寥〉　　李宗舜

　　一張一弛的肌肉

---

[11] 謝觀：《臺灣的鳥類》，臺北：雷鼓出版社，1986，頁19。
[12] 秀實：〈鷹〉，《秀實截句》，臺北：秀威資訊，2018，頁4。

在獵鷹的荒漠中
以高聲狂呼的速度
為這片大地整容[13]


　　以一張一弛的肌肉形容獵鷹奮力揮動翅膀，而且競速又狂呼，
似乎有眾人皆醉獨醒，力挽世道傾圮的氣概，英雄寂寞以為大地整
容來形容澄清吏政的想法。


　　〈鷹〉　　滇楠（楊立仁）


翅膀煽開白雲
草叢中的鼠輩便無所遁形

居廟堂之高的你啊
我願借你一雙銳眼[14]


　　前兩行簡述老鷹威猛雄姿獵食它的獵物，宵小聞風遁逃。後二
行是諷刺當政的政治人物沒有高瞻遠矚，急功近利爭權奪勢，希望
吏治澄清有人運籌帷幄轉變風潮。


　　〈活著〉　　轉角


鷹的孩子死了

---

13　李宗舜：〈寂寥〉，辛金順主編：《馬華截句選》，臺北：秀威資訊，2018，頁2。
14　滇楠（楊立仁）：〈鷹〉，王崇喜主編：《緬華截句選》，臺北：秀威資訊，2018，
　　頁40。

它把孩子的身體
撕成一片一片
餵給活著的孩子吃[15]


　　這是極端殘忍的狀況，在食物短缺老鷹把死的小鷹撕碎，餵養活著的小鷹，表面上看是父母忍心讓兄弟相殘。但是誰使老鷹沒有棲息之所，沒有食物來源，還不正是人類嗎？人類還不是有弱肉強食，人吃人的不幸呢？

　　小結前三篇以鷹為主題的詩作，都以鷹的凶猛形貌且具有銳利眼睛在空中飛翔具高瞻遠眺的視野，喻託對當前政治混亂，期待主政者要像如鷹的作為，有澄清吏政的企圖與決心。最後一篇敘述生存困難食物短缺，為了照顧活著小鷹，死雛鷹也被當生存的食物的殘酷事實。


## （三）鴿子——家鴿粉鳥、土鳩班甲（台語）

　　鴿，一種十分常見的鳥，世界各地廣泛飼養，鴿是鴿形目鳩鴿科數百種鳥類的統稱。我們平常所說的鴿子只是鴿屬中的一種，家鴿中最常見的是信鴿，主要用于通訊和競翔。野鴿為家鴿逃出所形成的野生族群，常在公園地面啄食遊客餵食的食物，行走時，頭頸會隨著步伐前後移動。[16]


---

15　轉角（段青春）：〈活著〉，王崇喜主編：《緬馬華截句選》，臺北：秀威資訊，
　　2018，頁20-21。
16　方偉宏：《臺灣鳥類全圖鑑》，臺北：貓頭鷹出版社，2008，頁187。

〈仰光街角隨想〉　　　王崇喜

滿城的灰鴿子與黑鴉
街角，貪婪的爪姿與嘴隱約暴露

追尾的麻雀善良了，它們只愛
啄那菩提樹下的稻穗和流浪漢的鼾聲[17]


　　分別寫出城市人的貪婪勾心鬥角與鄉下人的純樸無爭的對照，以隱喻的手法來描述。以灰鴿與烏鴉喻老於世故的黑心政客的貪婪無恥，對照那蹦蹦跳跳天真無邪的麻雀的逍遙自在與世無爭。不過比較難解的事，為何稻穗是在菩提樹下？不是菩提子嗎？還是是稻田邊有菩提樹？

〈鴿〉　　　秀實

離開田野
寄居在沒有季候的屋簷下[18]


　　鴿子離開了田野，失去了大自然的本能，漂漂流浪到人家的屋簷下，亦即不會自己去找食而靠人類施捨。可憐自己空有才能，一年到頭卻仰仗別人鼻息的意涵。

[17]　王崇喜：〈仰光街角隨想〉，《緬華截句選》，臺北：秀威資訊，2018，頁14。
[18]　秀實：〈鴿〉，《秀實截句：紫色習作》，臺北：秀威資訊，2017，頁4-5。

〈鴿子〉　　向明

千山，鳥飛絕了之後
廣場上鴿子便是唯一的翱翔
甚至可在銅像頭頂腿亮羽
你們！還有什麼其他好嚮往[19]


「千山鳥飛絕，萬徑人蹤滅」，這原本是寫雪景。鳥從千山消跡，到底都飛到城市裡來。在城市廣場找取人們的施捨，毫不畏人，甚至可說無法無天，到銅像上撒野，這對銅像可能是一種威嚴或過去的英雄的挑戰。


〈降〉　　靈歌


天空，迷路的鴿子
飛下來，立在頂樓俯視
飛下去，在公園覓食[20]


靈歌這首截句的意涵，也是鴿子失去了原始本能，被城市迷惑，停留在城市，偷窺與覓食。可憐自己空有飛天才能，卻仰仗人類鼻息的意涵。

小結以鴿子為主題的詩作，秀實〈鴿〉、向明〈鴿子〉與靈歌〈降〉等詩作，都在表示鴿子失去在自然界自由翱翔的生存本

---

19　向明：〈鴿子〉，《向明截句：四行倉庫》，臺北：秀威資訊，2017，頁156。
20　靈歌：〈降〉，《靈歌截句》，臺北：秀威資訊，2017，頁97。

能，到都市乞討生活，不畏生人，甚至有恃無恐的對莊嚴銅像撒野。〈仰光街角隨想〉有隱喻黑街的黑暗面，相對照於麻雀的天真無邪。

## 三、蟲篇——豐富素材入詩入夢，以蟬、螢火蟲、蝴蝶為例

　　日常所稱的「蟲」範圍廣而模糊，包括蝴蝶、甲蟲以及蜘蛛、蜈蚣（不是昆蟲），有時也涵蓋蛔蟲、水蛭、草履蟲甚至蜥蜴、蛇也被稱為蟲。其實昆蟲在分類學上屬於昆蟲綱（Insecta），是世界上最繁盛的動物。昆蟲的身體並沒有內骨骼的支持，外裹一層由幾丁質（chitin）構成的殼。這層殼會分節以利於運動。昆蟲的身體會分為頭、胸、腹三節，有六隻腿，複眼及一對觸角。[21]

　　昆蟲對生態扮演著很非常重要的角色。蟲媒花需要得到昆蟲的幫助，才能傳播花粉。而蜜蜂採集的蜂蜜，也是人們喜歡的食品之一。但昆蟲也可能對人類產生威脅，如蝗蟲會破壞農作物，白蟻破壞木材及建築物。而有一些昆蟲，例如蚊子，還是疾病的傳播者。[22]

### （一）蟬——餐風飲露、齊鳴高潔

　　夏天，最令人難忘的莫過於紛擾的蟬鳴聲音，更將夏天昆蟲世界的繁華氣氛帶到高潮。蟬（Cicadidae）是昆蟲綱同翅亞目的其中一科，俗稱「知了」。生活於世界溫帶至熱帶地區（已知紀錄約

---

[21]　陳維壽：《臺灣昆蟲大探險》，臺北：幼獅文化公司，1998，頁11-13。
[22]　王音、周序國：《觀賞昆蟲大全》，臺北：九州圖書文物公司，2002，頁6-7。

2000種蟬）。[23]「蟬」字最早出現於商代至西周間，造字上屬於形聲字。蟬是著名的鳴蟲，詩經中五月鳴蜩、鳴蜩嘒嘒的詩句，不難發現古人早就注意到這種善鳴的昆蟲。[24]

　　雄性蟬身體兩側有能夠發出很大聲響的發聲構造（也稱為「鼓室」）。為了發音，他們常趴在樹幹上，向前或左右扭動腹部來調節發出的聲響；而發出來的響聲常被稱為蟬的「歌聲」，與一般以摩擦方式發聲的昆蟲（如蟋蟀）不同。[25]

　　〈不依賴搏扶搖的或人〉　　　蕭蕭


　　靜靜走入蟬噪的林子靜靜
　　眾聲能合一聲嗎


　　九萬里之後我認得出鵬舉的心境[26]


　　一如前述南北朝梁國王籍的〈入若耶溪〉……蟬噪林逾靜，鳥鳴山更幽……蟬聲高唱，樹林卻顯得格外寧靜；鳥鳴聲聲，深山裡倒比往常更清幽。這是矛盾的內心還能鬧中取靜，明心見性得到頓悟的境界嗎？舉世混濁，頗慕莊子書中所述鯤鵬一飛九萬里的雄心大志，遠離俗事塵囂。

---

[23] 陳振祥：《臺灣賞蟬圖鑑》，臺北：大樹文化事業出版，2004，頁6-18。
[24] 歐陽盛芝、楊平世、李子寧：《蟲學與蟲藝》，臺北：臺灣博物館出版，2011，頁240-245。
[25] 楊平世：《蝶影蟲蹤》，臺北：健行文化事業出版，2012，頁126-134。
[26] 蕭蕭：〈蟬〉，《大自在截句》，臺北：秀威資訊，2018，頁49。

〈知了，其實什麼也不知道〉　　　廣角（王子瑜）

知了是個名不副實的傢伙
儘管他的聲音很大
其實他什麼也不知道
甚至什麼也沒有說[27]

　　本截句從蟬的別稱〈知了〉出發，假喻知了是個騙子，而加以
闡述的說明，騙子就是不實在也是名不符實，知了也就什麼都不知
道，只會唬爛吧！

〈夏〉　　　施漢威

蟬聲鼓噪
荷蓮高舉曬紅的拳頭
抗議
這季節的火焚[28]

　　一到夏天鋪天蓋地的蟬鳴聲，此季節荷蓮盛開，掌狀大片荷葉
向天撐起，被作者形容是握著拳頭，抗議夏天怎可這樣酷熱，點景
又點意，非常有趣。

---

[27] 廣角（王子瑜）：〈知了，其實什麼也不知道〉，王崇喜主編：《緬華截句選》，
　　臺北：秀威資訊，2018，頁26。
[28] 施漢威：〈夏〉，林小東主編：《越華截句選》，臺北：秀威資訊，2018，頁7。

〈秋〉　　　故人（馮道君）


聒噪的蟬兒逐漸噤聲
迎來秋的跫音
金風飄舞瓣瓣落葉
敲打驛動的詩心[29]


　　夏秋之交，蟬鳴少了，接受秋的到來，天氣變涼了，秋風飄掃落葉與楓紅，這個季節最容易感傷與引起思鄉情懷，詩人敏感的神經，細膩的心情更有詩意的發揮。小結有關蟬為主題的詩，蕭蕭的禪詩意謂鬧中取靜與莫忘初衷的志節，廣角〈知了，其實什麼也不知道〉直接從蟬的別稱知了，衍生詩意帶有嘲諷的貶義。施漢威〈夏〉，以值盛夏炎熱而蟬聒噪不休，更增火氣與怒氣吧！故人之〈秋〉則寫入秋蟬聲少了減了聒噪，多了楓紅秋意。

## （二）螢火蟲——車胤聚螢夜讀、臺灣童謠火金姑

　　螢科（Lampyridae）是鞘翅目（Coleoptera）裡的一個科。俗稱螢火蟲，又稱火金姑（閩南語）；古稱耀夜、景天、熠燿等。該科裡很多種蟲能發光，但並不是全部都可以。通常，只要有發光器官的甲蟲，就會被稱為螢火蟲。[30]

　　螢火蟲幼蟲是屬於肉食性，最常吃到的是小型蝸牛、蛞蝓、蚯蚓，水生螢火蟲幼蟲則吃貝螺。螢火蟲發光是為了求偶，有些種類

---

29　故人（馮道君）：〈秋〉，林小東主編：《越華截句選》，臺北：秀威資訊，2018，
　　頁101。
30　陳燦榮：《臺灣螢火蟲》，臺北：田野影像出版社，2003，頁39-55。

的螢火蟲只有雄蟲有發光器官，而有些種類則雙方都有。有些種類的光是一閃一閃的，有些則是持續不斷的發光。這種信號是因種類而異的，在長度和節律上都有所不同。[31]

我們對於螢火蟲的生態習性有了初步的了解，接著，讓我們來看看哪些詩人對螢火蟲的介紹與論述：

〈螢火策略〉　　葉莎

呼喊無益
選擇潛移就好
將巨大的黑暗悄悄鑿洞
等待漏盡[32]

把黑夜當成一堵黑牆或黑幕，螢火蟲一閃閃的光當成是在鑿洞，只要鑿開黑洞周邊就會像沙漏一樣慢慢漏盡，多美妙的形容。不要像蟬空叫無益，不如做螢火蟲自己，慢慢地發光發熱。

〈螢火蟲〉　　蘇榮超

偽裝成為星星
在夜空中發放光芒
一隻謊言
飄來飄去[33]

[31] 王音、周序國：《觀賞昆蟲大全》，臺北：九州圖書文物公司，2002，頁456-459。
[32] 葉莎：〈螢火策略〉，《幻所幻截句》，臺北：秀威資訊，2018，頁1。
[33] 蘇榮超：〈螢火蟲〉，王勇主編：《菲華截句選》，臺北：秀威資訊，2018，頁22。

把螢火蟲一閃閃當做是夜空中的星星，但它們又不是真的星星，既然是假的，也就謊話連篇，螢火蟲又飛來飛去，故謊言就飄來飄去了。以這樣的思路完成了這首截句。

〈螢火蟲〉　　小鈞（陳曉鈞）

短暫的一生
有一份熱
發一份光
挑戰黑暗[34]

本詩從螢火蟲的生態來看，生命短暫，卻能發光發熱，不畏黑暗，頗有啟示的想法。

〈螢火蟲〉　　陳國正

雖然只一點點
微光
從不氣餒
堅持提著衝開黑夜[35]

本詩也是從螢火蟲的生態來看，生命短暫，卻能發光發熱，不

---

[34] 小鈞（陳曉鈞）：〈螢火蟲〉，王勇主編：《菲華截句選》，臺北：秀威資訊，2018，頁25。
[35] 陳國正：〈螢火蟲〉，林曉東主編：《越華截句選》，臺北：秀威資訊，2018，頁40。

畏黑暗。更強調盡其在我奮力與黑暗勢力一搏的決心與毅力。

〈四句偈〉　　周夢蝶

一隻螢火蟲，將世界
從黑海裡撈起

只要眼前有螢火蟲半隻，我你
就沒有痛哭和自縊的權利[36]

周夢蝶先生新詩四句偈，寫於1965年，以他的詩學造詣高度，描述微不足道的螢火蟲，微小的亮光就可將黑暗撈起，藉強烈反差對比，拉出巨大之張力，更以此張力為基礎，當頭棒喝，千百萬倍於螢火蟲的人類有什麼資格為失敗而哭泣、甚至放棄生命，不覺得慚愧嗎？

小結上述有關螢火蟲的詩作，共同認為螢火蟲生命雖短暫，但卻發光發出生命的熱情。在黑暗中發出微弱的光被強烈的誇飾，能夠將世界從黑海撈起或是衝破黑暗的詩意。

## （三）蝴蝶──粉翅嫩如水，繞砌戶依風

蝴蝶以其優美的形態，自古以來便成為人們美學及精神生活的一部分。在分類學蝴蝶與蛾同屬鱗翅目。屬於節肢動物，體表有分節的外骨骼，身體分為頭、胸、腹三部，胸部長有兩對翅膀，翅膀

---

[36] 周夢蝶：〈四句偈〉，陳幸惠編：《小詩星河》，臺北，幼獅，2007，頁49-51。

上色彩和斑紋是由鱗片組成。口器為虹吸式，外觀像盤著的發條，能夠伸縮自如，適於吮吸深藏在花底的花蜜。蝴蝶廣泛分布世界各地的陸上地方，熱帶地區物種多樣性最高，溫帶及寒帶地區也有許多種類棲息。[37]

〈郵〉　　胡淑娟

蝶兒只是一枚繽紛的郵票
浮貼於風　透明的翅翼
寄給不具名的花朵
漫山遍野瞬間收到了春天[38]

　　好有創意！把蝴蝶比喻是張郵票或郵件。把蝴蝶吸取花蜜當作傳遞郵件，這樣的聯想，把他們看成傳遞春天的特使，把芬芳與色彩寄送至遠方，譬若翠谷黃蝶紛然出現（不只是黃蝶），滿山滿谷便春意盎然了。

〈一〉　　向明

窗櫺上佇立的一隻蝴蝶
沒有看出我有點驚慌

那斑斕，瞄準著我

---

[37] 王音、周序國：《觀賞昆蟲大全》，臺北：九州圖書文物公司，2002，頁118－119。
[38] 胡淑娟：〈郵〉，《胡淑娟截句》，臺北：秀威資訊，2018，頁5。

子彈樣在眼前射穿[39]

　　將蝴蝶翅膀斑斕鱗片的花紋或斑點，比喻成子彈，因翅膀不斷的開合，在作者面前就好像機關鎗對之掃射，實際上是看得眼花撩亂吧！

　　〈蝶翼密碼〉　　白靈

　　這一回，窗外枝枒上那隻蝶
　　專程為我飛降嗎，總計揮翅108下
　　如連射的念珠，顆顆擊中我的眼眸
　　它的密碼我攜至夢中；夢大呼過癮[40]

　　本詩有禪意，108下有特殊的意涵，似誦經咒108遍之謂，就能成就某個功德之謂乎。

　　〈春天〉　　靈歌

　　把我僅有的翅膀剪下
　　貼上你的背
　　我們都是哭泣的蝴蝶[41]

---

[39]　向明：〈一〉，《向明截句：四行倉庫》，臺北：秀威資訊，2017，輯二頁51。
[40]　白靈：〈蝶翼密碼〉，《白靈截句》，臺北：秀威資訊，2017，輯三頁93。
[41]　靈歌：〈春天〉，《靈歌截句》，臺北：秀威資訊，2017，頁91。

傳說梁山伯與祝英台苦戀，有情人不能成眷屬，死後化蝶比翼雙飛，但若兩隻蝴蝶只有一對翅膀，為了情人捨棄自己，奉獻無私不佔有的愛，不是更令人同情嗎？

小結有關上述蝴蝶的詩作，胡淑娟〈郵〉把蝶兒比喻郵差把在花上採蜜當成是送信，真豐富的想像力。而向明把蝴蝶張合翅膀頻率高上面的斑點比喻像子彈掃射，一般人大概沒有這樣的想像力吧！白靈〈蝶翼密碼〉也因蝶兒翅膀張合特別誇大揮翅108下，並蘊含釋家禪意與念珠唸佛108遍，完成某種功德的隱喻。而靈歌〈春天〉卻沒有春天的喜悅反而是折翼天使，一對苦命鴛鴦的悲傷情節。

賞讀諸多有關鳥蟲篇的詩作，並在蕭蕭教授的鼓舞之下，本人受到啟發不揣淺陋也試著寫些截句，參見附錄二。

# 四、結論

近年來，截句詩集如雨後春筍的推出，實在目不暇給。匆匆就秀威資訊科技出版的近作36本粗略將其中有關鳥類與昆蟲的詩作摘出，因篇幅限制，每類各取三種，即如鳥、鷹、鴿子與蟬、螢火蟲、蝴蝶計六種，每種再精選四首截句分別下個簡單評論，從這些詩作可以獲知詩家對這二類六種生物的多樣性觀察，如其名稱含別名、形態、習性有透徹了解，例如蟬又叫知了，〈知了，其實什麼也不知道〉以反敘烘托蟬是騙子儘說謊言。或以細膩覺察力如〈雨壓啼聲〉的想像烏雲的壓境之隱喻，〈有鳥飛過〉鳥飛過窗觸發詩興。或以誇張驚人之語流露在詩作中，如〈螢火策略〉以蟲之微光能將黑暗鑿洞或從黑海撈起等非比尋常的用語，有時初覺特別、無

法產生共鳴，但若慢慢細讀，就會有所體悟。其他如〈郵〉將蝴蝶比喻郵差，向明〈一〉蝴蝶的鱗片色彩比喻子彈或白靈〈蝶翼密碼〉比喻念珠，都是極為創新的名詞轉換力。還有利用迂迴隱喻如滇楠〈鷹〉，王崇喜〈仰光街角隨想〉，以及神話故事用典發人深省之詩作如蕭蕭〈不依賴摶扶搖的或人〉，靈歌〈春天〉蝴蝶折翼天使等等。最後個人資質淺薄，所選詩作與評論如有疏漏或不周延之處，尚祈方家指正。

## 參考文獻

方偉宏：《臺灣鳥類全圖鑑》，臺北：貓頭鷹出版社，2008。

王勇主編：《菲華截句選》，臺北：秀威資訊，2018。

王音、周序國：《觀賞昆蟲大全》，臺北：九州圖書文物公司，2002。

王崇喜：《緬華截句選》，臺北：秀威資訊，2018。

白靈：《白靈截句》，臺北：秀威資訊，2017。

向明：《向明截句：四行倉庫》，臺北：秀威資訊，2017。

秀實：《秀實截句：紫色習作》，臺北：秀威資訊，2017。

辛金順主編：《馬華截句選》，臺北：秀威資訊，2018。

周鎮：《鳥與史料》，臺中：中華民國保護動物協會出版，1990。

孟樊：《孟樊截句》，臺北：秀威資訊，2018。

林小東主編：《越華截句選》，臺北：秀威資訊，2018。

林煥彰：《林煥彰截句》，臺北：秀威資訊，2018。

林曉東主編：《越華截句選》，臺北：秀威資訊，2018。

胡淑娟：《胡淑娟截句》，臺北：秀威資訊，2018。

徐谷甫：《鳥蟲篆全書》，上海：上海辭書出版社，2008。

陳幸蕙編：《小詩星河》，臺北：幼獅，2007。

陳振祥：《臺灣賞蟬圖鑑》，臺北：大樹文化事業出版，2004。

陳維壽：《臺灣昆蟲大探險》，臺北：幼獅文化公司，1998。

陳燦榮：《臺灣螢火蟲》，臺北：田野影像出版社，2003。

楊平世：《蝶影蟲蹤》，臺北：健行文化事業出版，2012。

葉莎：《幻所幻截句》，臺北：秀威資訊，2018。

歐陽盛芝、楊平世、李子寧：《蟲學與蟲藝》，臺北：國立臺灣博
    物館，2011。

蕭蕭：《大自在截句》，臺北：秀威資訊，2018。

蕭蕭：《新詩創作學》，臺北：秀威資訊，2017。

謝覲：《臺灣的鳥類》，臺北：雷鼓出版社，1986。

靈歌：《靈歌截句》，臺北：秀威資訊，2017。

# 附錄一：截句中有關鳥蟲詩檢索列表

（2017，2018秀威資訊出版之截句詩選）

| 種類 | 序號 | 作者 | 書名 | 截句題目 | 行數／結構 | 頁碼 |
|---|---|---|---|---|---|---|
| 鳥 | 1 | 葉莎 | 幻所幻截句 | 水田即鳥巢 | 4 | 輯四5／6 |
| | 2 | 葉莎 | 幻所幻截句 | 雨壓啼聲 | 4 | 輯三3／5 |
| | 3 | 蕭蕭 | 大自在截句 | 木炭的愛與怨 | 4／3＋1 | 13 |
| | 4 | 蕭蕭 | 大自在截句 | 天與天的空 | 4／2＋2 | 29 |
| | 5 | 陳國正 | 越華截句選 | 下賤 | 4 | 50 |
| | 6 | 雲角 | 緬華截句選 | 麻木 | 3 | 29 |
| | 7 | 劉曉頤 | 劉曉頤截句 | 魔術時間 | 4 | 98 |
| | 8 | 林廣 | 林廣截句 | 飛鳥 | 4／2＋2 | 44 |
| | 9 | 孟樊 | 孟樊截句 | 鳥飛阿飛正傳 | 4／2＋2 | 31 |
| | 10 | 林煥彰 | 林煥彰截句 | 有鳥飛過 | 3／2＋1 | 10 |
| | 11 | 林煥彰 | 林煥彰截句 | 春天是一隻鳥 | 4／2＋2 | 23 |
| | 12 | 林煥彰 | 林煥彰截句 | 春天是一首歌 | 4／1＋3 | 23 |
| | 13 | 王勇 | 王勇截句 | 鳥鳴 | 4／2＋2 | 41 |
| | 14 | 蕭蕭 | 蕭蕭截句2 | 你在別人的牽掛裡 | 4／2＋2 | 63 |
| | 15 | 蕭蕭 | 蕭蕭截句2 | 心亮著 | 4 | 161 |
| | 16 | 白靈 | 白靈截句 | 無畏 | 4 | 41 |
| | 17 | 白靈 | 白靈截句 | 沐月 | 4 | 88 |
| | 18 | 葉莎 | 葉莎截句 | 鳥的幸福 | 4 | 63 |
| | 19 | 梁鉞 | 新華截句選 | 鳥鳴 | 4／1+2+1 | 34 |
| | 20 | 奇角 | 緬華截句選 | 鳥 | 4 | 18 |
| | 21 | 奇角 | 緬華截句選 | 屋裡 | 3 | 19 |
| | 22 | 雲角 | 緬華截句選 | 焦慮 | 4 | 28 |
| 雀鳥 | 1 | 葉莎 | 幻所幻截句 | 繁複。簡單 | 4 | 輯三4—5／5 |
| | 2 | 梁鉞 | 新華截句選 | 鳥雀 | 4／2＋2 | 34 |
| | 3 | 無花 | 新華截句選 | 埃塵 | 4／2＋2 | 39 |
| 公雞 | 1 | 葉莎 | 幻所幻截句 | 屋外。屋內 | 4 | 輯三1／5 |
| | 2 | 向明 | 向明截句 | 雞鳴 | 4 | 147 |
| 雞 | 1 | 秀實 | 紫色習作 | 雞 | 2 | 7—8 |
| | 2 | 萬里 | 萬里截句 | 31放山雞 | 3 | 33 |
| 海鷗 | 1 | 葉莎 | 幻所幻截句 | 勺子破海 | 3 | 輯三4／5 |
| | 2 | 蕭蕭 | 大自在截句 | 海上觀鳥自在 | 4 | 44 |
| | 3 | 潘正鐳 | 新華截句選 | 祝福 | 4 | 51 |

| | | | | | | |
|---|---|---|---|---|---|---|
| | 4 | 詹澈 | 伸手詩集 | 成群的海鳥 | 4 | 19 |
| | 5 | 秀實 | 紫色習作 | 海鷗 | 2 | 5 |
| 帝雉<br>藍鵲 | 1 | 蕭蕭 | 大自在截句 | 息心之後 | 4／3＋1 | 17 |
| 燕子 | 1 | 蕭蕭 | 大自在截句 | 期與未期 | 4／2＋2 | 18 |
| | 2 | 雲角 | 緬華截句選 | 為你寫詩 | 4 | 28—29 |
| | 3 | 秀實 | 紫色習作 | 燕子 | 2 | 7 |
| | 4 | 向明 | 向明截句 | 五 | 4 | 55 |
| 布穀鳥 | 1 | 蕭蕭 | 大自在截句 | 躑躅崗躑躅 | 4／2＋2 | 36 |
| 鬥雞 | 1 | 施文志 | 菲華截句選 | 鬥雞 | 4／1＋3 | 20 |
| | 2 | 蔡銘 | 菲華截句選 | 鬥雞場 | 3 | 33 |
| 鳩 | 1 | 張子靈 | 菲華截句選 | 將燈點亮 | 2 | 23 |
| | 2 | 林廣 | 林廣截句 | 斑鳩 | 4 | 49 |
| 杜鵑 | 1 | 施漢威 | 越華截句選 | 相思 | 3 | 69 |
| 夜鶯 | 1 | 李宗舜 | 馬華截句選 | 和弦 | 4 | 2 |
| | 2 | 谷奇 | 緬華截句選 | 城市 | 4／2＋2 | 52 |
| 鷹 | 1 | 李宗舜 | 越華截句選 | 寂寥 | 4 | 2 |
| | 2 | 方路 | 馬華截句選 | 驚蟄 | 4 | 2 |
| | 3 | 轉角 | 緬華截句選 | 活著 | 4 | 20—21 |
| | 4 | 滇楠 | 緬華截句選 | 鷹 | 4／2＋2 | 40 |
| | 5 | 藍翔 | 緬華截句選 | 鷹 | 4／2＋2 | 55 |
| | 6 | 詹澈 | 伸手詩集 | 一點的上面 | 4 | 6 |
| | 7 | 秀實 | 紫色習作 | 鷹 | 2 | 4 |
| 禿鷹 | 1 | 李宗舜 | 馬華截句選 | 書卷 | 4 | 2 |
| 啄木鳥 | 1 | 方路 | 馬華截句選 | 小雪 | 4／3＋1 | 4 |
| 貓頭鷹 | 1 | 鄭田靖 | 馬華截句選 | 鬧 | 4 | 1 |
| 烏鴉 | 1 | 梁鉞 | 新華截句選 | 群鴉亂霈舞 | 4 | 33 |
| | 2 | 秀實 | 紫色習作 | 烏鴉 | 2 | 5 |
| | 3 | 向明 | 向明截句 | 喧鬧 | 4 | 194 |
| 鵝 | 1 | 無花 | 新華截句選 | 夢想之一 | 3 | 38 |
| | 2 | 谷奇 | 緬華截句選 | 奢侈 | 4／2＋2 | 49 |
| 鷺鷀 | 1 | 潘正鐳 | 新華截句選 | 記憶 | 4 | 51 |
| 鴿子 | 1 | 王崇喜 | 緬華截句選 | 仰光街角隨想 | 4／2＋2 | 14 |
| | 2 | 詹澈 | 伸手詩集 | 一點的上面 | 4 | 6 |
| | 3 | 秀實 | 紫色習作 | 鴿 | 2 | 4 |
| | 4 | 向明 | 向明截句 | 鴿子 | 4 | 156 |
| | 5 | 靈歌 | 靈歌截句 | 降 | 3 | 97 |
| 喜鵲 | 1 | 秀實 | 紫色習作 | 喜鵲 | 2 | 5 |
| 鸚鵡 | 1 | 秀實 | 紫色習作 | 鸚鵡 | 2 | 6 |

| 麻雀 | 1 | 秀實 | 紫色習作 | 麻雀 | 2 | 6 |
|---|---|---|---|---|---|---|
| | 2 | 向明 | 向明截句 | 十三 | 4 | 63 |
| | 3 | 白靈 | 白靈截句 | 逝 | 4／2＋2 | 97 |
| | 4 | 萬里 | 萬里截句 | 27 | 3 | 31 |
| 綠繡眼 | 1 | 葉莎 | 葉莎截句 | 綠繡眼 | 4 | 54 |
| 八哥 | 1 | 萬里 | 萬里截句 | 115 | 3 | 103 |
| 白鷺鷥 | 1 | 萬里 | 萬里截句 | 119 | 3 | 105 |
| | 2 | 向明 | 向明截句 | 鷺鷥 | 4 | 160 |
| 候鳥 | 1 | 方群 | 方群截句 | 候鳥 | 3 | 128 |
| 蟲子 | 1 | 葉莎 | 幻所幻截句 | 蟲子即稻子 | 4 | 輯四3／6 |
| | 2 | 梁鉞 | 新華截句選 | 蟲聲 | 4 | 33 |
| 菜蟲 | 1 | 詹澈 | 伸手詩集 | 菜蟲 | 4 | 50 |
| 蠹蟲 | 1 | 胡淑娟 | 胡淑娟截句 | 蠹 | 4 | 9 |
| | 2 | 向明 | 四行倉庫 | 二十 | 4 | 108 |
| 竹節蟲 | 1 | 靈歌 | 靈歌截句 | 回春 | 4 | 21 |
| | 2 | 萬里 | 萬里截句 | 竹節蟲 | 3 | 51 |
| 蛾 | 1 | 葉莎 | 幻所幻截句 | 最大。最小 | 4 | 輯三3／5 |
| | 2 | 天角 | 緬華截句選 | 情網 | 4 | 37 |
| | 3 | 藍翔 | 緬華截句選 | 飛蛾 | 4／2＋2 | 54 |
| | 4 | 林廣 | 林廣截句 | 小飛蛾 | 4／2＋2 | 44 |
| | 5 | 靈歌 | 靈歌截句 | 真相 | 3／2＋1 | 145 |
| 螢火蟲 | 1 | 葉莎 | 幻所幻截句 | 螢火策略 | 4 | 輯三1／5 |
| | 2 | 蘇榮超 | 菲華截句選 | 螢火蟲 | 4 | 27 |
| | 3 | 小鈞 | 菲華截句選 | 螢火蟲 | 4 | 31 |
| | 4 | 陳國正 | 越華截句選 | 螢火蟲 | 4 | 40 |
| | 5 | 何乃健 | 馬華截句選 | 清明節 | 4 | 1／3 |
| | 6 | 王濤 | 馬華截句選 | 螢火蟲 | 4 | 2／3 |
| | 7 | 林廣 | 林廣截句 | 憧憬 | 3 | 38 |
| | 8 | 胡淑娟 | 胡淑娟截句 | 螢火蟲 | 4 | 11 |
| 蠶 | 1 | 蕭蕭 | 大自在截句 | 蠶 | 4 | 14 |
| | 2 | 李茀民 | 新華截句選 | 春蠶到死絲方盡 | 4 | 14 |
| | 3 | 林廣 | 林廣截句 | 蠶 | 4／2＋2 | 44 |
| | 4 | 林廣 | 林廣截句 | 不是蠶 | 4／2＋2 | 45 |
| | 5 | 林廣 | 林廣截句 | 蠶與禪 | 4／2＋2 | 45 |
| 蟬 | 1 | 蕭蕭 | 大自在截句 | 依賴搏扶搖為或人 | 4 | 49 |
| | 2 | 蕭蕭 | 大自在截句 | 蟬在地下也在樹間，禪不在地下也不在樹間 | 4／2＋2 | 50 |
| | 3 | 小鈞 | 菲華截句選 | 蟬 | 4／2＋2 | 31 |
| | 4 | 刀飛 | 越華截句選 | 過佛門不入 | 4 | 64 |

| | 5 | 施漢威 | 越華截句選 | 夏 | 4 | 71 |
|---|---|---|---|---|---|---|
| | 6 | 故人 | 越華截句選 | 秋 | 4／2+2 | 101—102 |
| | 7 | 林曉東 | 越華截句選 | 無奈 | 4 | 163 |
| | 8 | 董農政 | 新華截句選 | 蟬 | 4 | 43 |
| | 9 | 廣角 | 緬華截句選 | 知了，其實什麼也不知道 | 4 | 27 |
| | 10 | 雲角 | 緬華截句選 | 知了 | 4 | 29 |
| | 11 | 天角 | 緬華截句選 | 潛龍在淵 | 4 | 36 |
| | 12 | 滇楠 | 緬華截句選 | 落葉 | 4／2+2 | 42 |
| | 13 | 谷奇 | 緬華截句選 | 問 | 4 | 49 |
| | 14 | 林廣 | 林廣截句 | 意象 | 1 | 14 |
| | 15 | 林廣 | 林廣截句 | 蠶與禪 | 4／2+2 | 45 |
| | 16 | 林廣 | 林廣截句 | 意象之死 | 4 | 48 |
| | 17 | 林廣 | 林廣截句 | 風景十首之三 | 4 | 57 |
| | 18 | 林煥彰 | 林煥彰截句 | 靜坐。如蟬 | 4／2+2 | 28 |
| | 19 | 王勇 | 王勇截句 | 禪悅 | 4／2+2 | 33 |
| | 20 | 向明 | 向明截句 | 三十一 | 4 | 81 |
| | 21 | 葉莎 | 葉莎截句 | 情話 | 4 | 109 |
| | 22 | 蕓朵 | 蕓朵截句 | No. 04 | 3 | 30 |
| | 23 | 阿海 | 阿海截句 | 知之八 | 3 | 77 |
| 蜜蜂 | 1 | 許露麟 | 菲華截句選 | 甜言蜜語 | 3 | 8—9 |
| 蜘蛛 | 1 | 小鈞 | 菲華截句選 | 蜘蛛 | 4／2+1+1 | 30—31 |
| | 2 | 王勇 | 王勇截句 | 寫詩 | 4／2+2 | 14 |
| | 3 | 胡淑娟 | 胡淑娟截句 | 蜘蛛是詩人 | 4 | 1 |
| 蚊子 | 1 | 王勇 | 王勇截句 | 回頭殺 | 4／2+2 | 42 |
| | 2 | 林廣 | 林廣截句 | 城市邊陲04 | 4／2+2 | 61 |
| | 3 | 萬里 | 萬里截句 | 46 | 3 | 42 |
| 蝴蝶 | 1 | 林小東 | 越華截句選 | 追逐 | 4／2+2 | 163 |
| | 2 | 李宗舜 | 馬華截句選 | 怦然心動 | 3 | 3／3 |
| | 3 | 呂育陶 | 馬華截句選 | 細節 | 4 | 3／4 |
| | 4 | 邢貽旺 | 馬華截句造 | 遺 | 4 | 1—2／5 |
| | 5 | 谷奇 | 緬華截句選 | 過客 | 4 | 50 |
| | 6 | 林廣 | 林廣截句 | 魔術詩 | 1 | 12—13 |
| | 7 | 詹澈 | 伸手詩集 | 蝴蝶 | 4 | 65 |
| | 8 | 胡淑娟 | 胡淑娟截句 | 郵 | 4 | 5 |
| | 9 | 向明 | 四行倉庫 | 一、無題 | 4 | 51 |
| | 10 | 白靈 | 白靈截句 | 蝶翼密碼 | 4 | 93 |
| | 11 | 靈歌 | 靈歌截句 | 春天 | 3 | 91 |
| | 12 | 尹玲 | 尹玲截句 | 如紗薄翼 | 4 | 48 |

| | 13 | 尹玲 | 尹玲截句 | 符碼 | 4 | 110 |
|---|---|---|---|---|---|---|
| 蝨子 | 1 | 邱琲鈞 | 馬華截句選 | 蝨子 | 3 | 3／3 |
| 蜻蜓 | 1 | 奇角 | 緬華截句選 | 蜻蜓 | 3／2＋1 | 17—18 |
| | 2 | 胡淑娟 | 胡淑娟截句 | 兒時的蜻蜓 | 4 | 7 |
| 蛹 | 1 | 胡淑娟 | 胡淑娟截句 | 驚蟄 | 4 | 6 |
| | 2 | 葉莎 | 葉莎截句 | 堅持 | 4 | 79 |
| 小瓢蟲 | 1 | 白靈 | 白靈截句 | 渺小 | 4 | 40 |
| 塵蟎 | 1 | 方群 | 方群截句 | 鼾聲 | 4 | 62 |
| 螞蟻 | 1 | 阿海 | 阿海截句 | 知之六 | 3 | 75 |
| | 2 | 吳天霽 | 菲華截句選 | 螞蟻的腳步 | 4 | 13 |

## 附錄二：自撰有關鳥蟲截句

　　以下是閱讀截句選集，以及接受蕭蕭老師指導創作新詩要領，
一時興起也仿效試作有關鳥蟲之詩：


〈知音難覓〉


聒噪麻雀
又跳又搖
想說什麼
知音難覓


〈提醒〉（台語）


屋鳥透早佇我的窗邊
鐸鐸鐸！
提醒我
聖賢曾子講Ａ三省吾身


〈週末的早晨〉


野鴿單調的鳩鳴開場
雀鳥住吉聲呼應　遲頓的公雞才喔喔叫
不知沈寂多久　榻前的亮大於晝光燈

慵懶的週末早晨

〈雀榕〉


鳥兒銜著果實到牆縫
飽餐一頓之後留下種子
在那惡劣的生存條件
我呼喊不要忽視了我


〈黃鸝在明道〉


初冬的晌午　二鮮居走出
遊于蠡澤湖畔林徑
驚起黃金鳥拍翅飛出
鸝影匆匆　幾許回憶


〈火雞〉


食火雞是你的名七面鳥是你的號
古銅又皺巴的臉是你的滄桑
不必易容的你
怎成了俎上肉　　（*開車入眼幾家雞肉飯店招之雜感）

〈野鴿與麻雀〉

一群逃家的鴿與雀
糾集壯大聲勢為哪樁

聽聽撒穀人的呼喊
江湖險惡快回原生的家吧

〈黑天鵝〉

白毛染了墨
曲頸對我嘩
黑球浮綠水
踢波嫌我擾　　（*改寫駱賓王詠鵝）

〈吶喊〉

蟬，喧鬧了一夏
蟄伏後拚命的演唱會
炒熱了話題

曲盡，下一檔誰接？

〈蚊子—1〉

我的雷達偵測到熱導體
積蓄營養孕育下一代

叮吧！

〈蚊子—2〉

耳際嗡嗡作響
臉頰手臂一陣刺痛
捻亮燈　尋找 無獲
天啊　半夜三點哪

〈蚊子—3〉

捐一丁兒血保你母子溫飽
慈悲為懷　我很樂意
但是
捐完血後　騷癢難耐啊

# 探究葉莎詩人的宗教觀
## ——從兩冊《截句》詩集談起

闕菊嬅

## 摘　要

　　葉莎為優秀現代詩人，臺灣詩學季刊社鼓吹四行以內小詩分別在2017年與2018年以「截句」為主軸，出版兩本截句創作專集。欣賞葉莎截句專集詩作，感受詩句中有形無形地隱藏著的宗教情懷，而影響她的創作內涵並呈現另一宗教美學。故本文從《葉莎截句》與《幻所幻截句》兩本詩集中論析其宗教觀，以對她的詩作更深入的賞析其內涵。稀有指引讀者探究葉莎詩作另一入門途徑，進而深入堂奧一窺其截句詩之精要與宗教之美學。

**關鍵詞**：葉莎、截句、《幻所幻截句》、宗教觀

# 一、前言

　　「截句」詞彙應屬當代中國的蔣一談（1969－）鼓吹，他在2015年11月出版題名《截句》的詩集，書名另有小標題：「塵世落在身上」，後記〈截句，一個偶然〉；然後他在2014年秋天舊金山中國功夫館，看見李小龍照片，想起「截拳道」的功夫美學：「追求簡潔、直接和非傳統性」，於是乎便將自己所寫稱〈截句〉出版，詩篇從一行至四行都有但不出四行，「截句」成為詩壇的話題。[1]

　　葉莎詩人為《乾坤詩刊》總編輯，《季之莎》新詩報發行人。得過桐花文學獎，臺灣詩學小詩獎，DCC杯全球華語獎賽優秀獎，是一位優秀的現代詩人。臺灣詩學季刊社鼓吹四行以內小詩分別在2017年與2018年以「截句」為主軸，出版她的截句創作二本專集。剖析葉莎截句二本文本可看似簡單的句子中，把想要表達的精神跟意境表現出來，這些詩句的美感是非常浩瀚，不同的人、不同時間，不同的心境，領悟的方式也不同。

　　而葉莎在《幻所幻截截句》後記「從痛苦到啟示的祕密與怪異」一文中提及到，她這兩年遭受至親去世的打擊，使得身心靈產生了巨大的變化，但透過哲學的認知、宗教的信仰，終於使的內心得到安頓。[2]藉著信仰，人生中發生許多事情就能獲得適當解釋；藉著信仰社會道德亦能獲得實現。而信仰帶有神祕色彩，我們一般稱為宗教，[3]而宗教是眾生碰到困境挫折，遭遇不可知的打擊，而

---

[1]　蕭蕭：《新詩創作學》，臺北：秀威經典，2017，頁86。
[2]　葉莎：《幻所幻截句》，臺北：秀威資訊科技，2018，頁138-139。
[3]　金木水：《一本讀通佛學與心理學-人類思想的兩種偉大智慧》，臺北市：時報文化，2018，頁234-236。

對人生感到懷疑時，而投注的目標因而得到心靈的安慰。[4]一位詩人審美心理及藝術創作表現受多種因素影響而形成詩作內容與表達意涵。而宗教觀不僅影響詩人的為人處世，也會影響了詩人因內在精神體驗的涵養工夫創作多元的審美情趣。而筆者試從葉莎創作截句中，去探索瞭解其所顯現的人生態度與宗教情懷。

## 二、「葉莎截句」的宗教觀──以佛教為依歸

宗教信仰在人類社會中占有重要的一席之地。「宗」，是指非常識的特殊經驗；這種經驗是非一般的，所以有的稱之為神祕經驗。「教」，是把自己所有的特殊經驗，用語文文字表達出來使他人了解、信受、奉行。[5]宗教可分為自然宗教、社會宗教與自我宗教三種，其中自我宗教是要人類追求自我生命的永恆、福樂、平等、自由、智慧、慈悲的，如基督教、伊斯蘭教、佛教以及印度教中的吠檀多派等。[6]研讀《幻所幻截句》與《葉莎截句》詩集，可以歸納推敲出葉莎詩人的宗教觀是以佛學為依歸。如〈繁複・簡單〉「最簡約的廟簷／聽過最深奧的佛經／雀鳥在簡約中往返築巢／以佛讚做經緯」[7]及〈無家・有家〉「此後無家／緣斷之後剩下袈裟／此後有家／家是心上一盞佛燈」。[8]兩首截句詩中明顯點出「佛」的字句；另又在〈悟〉詩中「我識夢幻／也識泡影／自此忘卻六根，六識和六塵／身是身，山是山」[9]這首截句的第一行來自

---

4　南懷瑾講述：《南懷瑾先生問答集》，臺北市：老古文化，2012，頁3。
5　印順：《我的宗教觀》，新竹縣：正聞出版社，2011，頁3。
6　印順：《我的宗教觀》，頁20。
7　葉莎：《幻所幻截句》，頁105。
8　葉莎：《幻所幻截句》，頁103。
9　葉莎：《葉莎截句》，臺北：秀威資訊科技，2017，頁77。

《金剛經》文「一切有為法，如夢幻泡影，如露亦如電，應做如是觀」。[10]葉莎詩人是將佛經的思想融進詩裡，以表達對自我人生之省悟。從以上詩作，可知她對佛教思想之認同及佛學著墨很深，也試著從禪悟去解決人生命問題。

葉莎宗教情懷是以佛學為依歸，豐富其作詩取境的方式，增強了詩的美感及宗教情懷散播，為佛家美學與詩學找到相互交涉與感通，創造無限想像空間。

## 三、「葉莎截句」宗教觀之探究

詩人的宗教觀，可以從詩人如何探索「有形或無形」的形式，與「有意或無意」的內涵表現裡面，去得到詩人所要傳達的訊息。[11]大陸評論家甘遂說：「如果要細究葉莎的截句特點，主要是一種意緒結構，意緒不單單是意象。它包含意象和情緒在內，是詩人在知覺中，由情緒、意念、潛意識的混合體構成」。[12]故要探究葉莎截句的佛學體悟，除了讀到具有宗教語言表象外，也要深入探究創作詩底層所蘊藏的宗教義理。故筆者分析兩本文本，從以下三條脈絡去探尋、瞭解歸納其佛學創作意涵：

### （一）引佛語入詩

葉莎寫截句詩引用佛家的語彙，包括佛教文物與佛教語言，如〈無家‧有家〉「此後無家／緣斷之後剩下裂裟／此後有家／家

---

10  南懷瑾講述：《金剛經說甚麼》，臺北市：老古文化，2013，頁462。
11  林鷺：〈臺灣女性詩人的宗教觀〉，《臺灣現代詩》第21期，2010年3月，頁50。
12  葉莎：《葉莎截句》，頁20。

是心上一盞佛燈」中，[13]提到袈裟就是出家人所穿的衣服及佛燈，是佛家的文物引用入詩。在〈悟〉詩中「我識夢幻／也識泡影／自此忘卻六根，六識和六塵／身是身，山是山」。六根在佛教語言是指為「眼、耳、鼻、舌、身、意」，六識為指前述感官產生的認知，因此有「眼識」、「耳識」、「鼻識」、「舌識」、「身識」、「意識」。塵者染污之意，六塵為「色塵」、「聲塵」、「香塵」、「味塵」、「觸塵」、「法塵」，謂能蒙蔽人們清淨的心靈，使人們的真實自性不能彰顯。[14]詩人引用佛家語言入截句詩中，以「身是身，山是山」作結，更感明心見性。

## （二）引佛典入詩

以佛陀的人生經歷方式，及應用禪師的禪語入詩，達成對人生哲學的體悟與傳播。如金剛經云

> 「如來說非忍辱波羅蜜。是名忍辱波羅蜜。如我昔為歌利王割截身體。我於爾時。無我相。無人相。無眾生相。無壽者相。何以故。我於往昔節節支撐時。若我相人相眾生相壽者相。應生瞋恨。」[15]

釋迦牟尼佛過去修忍辱波羅蜜時，被歌利王割截身體時沒有覺得痛苦，是因為此身不是我的，就沒有個忍的念與感受，自然沒有對歌利王起恨意。而葉莎詩作〈回憶錄〉中「至破皮，放血，刮骨

---

[13] 葉莎：《幻所幻截句》，頁103。
[14] 陳義孝居士編：《佛學常見詞彙》，臺北：文津出版社，1998，頁157-159。
[15] 南懷瑾講述：《金剛經說甚麼》，頁227。

之/前一日或更早之前/以忍。或/忍不住」。[16]此詩描述如忍的境界，忍到無所忍，忍到沒有個忍，自然就清淨。在禪宗公案的對話中，神秀禪師示法詩「身為菩提樹，心如明鏡台；時時勤拂拭，莫使惹塵埃」認為心為明鏡，成佛須靠自省和修行。而葉莎〈不悟〉「江河豈是明鏡/潮浪竟似拂不去的塵埃/船伕日日擦拭，漣漪又到眼前」。[17]將神秀禪師示法詩換成截句來闡釋要了悟心性就必須不斷修行，了解生滅的同時安住本性，才能化掉自己的習氣和妄想，否則就像船伕般徒勞，每日做著無用功。

## （三）詩境現佛理

詩中反映佛理，寫作方式包括意與境的應用，所謂的「意」，是作者的感情，思維在創作中的流露，所謂的「境」，就是「意」的流露所達到的境界。[18]如〈貧窮即富有〉「鴿子都回家了/徒留一片原野/碗裡無肉就夾幾片晚風吧/杯裡無酒就裝一條銀河吧」。[19]詩中第一句提到鴿子，而在佛教經典中，鴿子是經常可見的動物，常被用來比喻為因貪心而招致的煩惱。[20]而此詩中是指鴿子回家了，可比喻心不貪婪所以物質上不富有，雖無肉無酒卻有晚風與銀河作伴，獲得清靜與自在。另〈東窗是花〉詩中寫著「總是叫不出名字/索性喝一口茶，喚她/茉莉，潔淨芬芳/恍如一生之始」。[21]第三句談到茉莉花，茉莉花是印度人最喜歡的花之一，可

---

16 葉莎：《葉莎截句》，頁36。
17 同16，頁104。
18 周芬伶：《美學課》，臺北市：九歌出版社，2016，頁177。
19 葉莎：《幻所幻截句》，頁125。
20 慧能編：《一次完全讀懂佛教-給現代人讀的佛教智慧書》，臺北市：創智文化，2012，頁311。
21 同16，頁61。

作為供奉佛與菩薩的供花，佛經中有著名的茉莉夫人的故事，茉莉夫人本為富家之女，因家道中落而淪為的為低下的婢女，而後遇到釋迦牟尼並供其飯食，並脫離了婢女之身，成為僑薩羅國勝光的王后。[22]這首詩可詮釋，作者因接觸佛法得到祂的眷顧，因作佛法太深無法用言語表達之佛法魅力，但他是真實感動並獲得重生。

又〈以空敷傷〉詩中談到「虛空與虛空對坐／一棵木瓜樹剛掉下果子／真實的疼著／虛空用空，敷住傷口」。[23]我們有個身體，身體不是我們的，只是暫時供我們使用。它是會腐朽，故現在身體痛苦是虛擬的，是會過去的，如心經云「觀自在菩薩，行深般若波羅蜜多時，照見五蘊皆空，度一切苦厄」。[24]故能行「般若波羅」就能知一切是虛空，「虛空用空，敷住傷口」亦即世間的傷痛、痛苦都能度過獲得解脫。此三首詩將佛經玄理詩化，創造出富有深意的截句意象。

故可知欣賞「葉莎截句」如從以上三條脈絡去探索其宗教觀，可得到多元美學感受與宗教啟發。

## 四、「葉莎截句」佛理之體悟

葉莎的宗教觀是以佛教為依歸，佛是人類修證而圓成，經上說「隨類現身」，是佛為怎樣的眾生，就示現怎樣的相，也就是說各人因認知與閱歷不同而對佛教有不同的體悟，意即證悟的真理須經人類的知識再表現。[25]而筆者從三條脈絡整理分析葉莎截句的兩本

---

[22] 同19，頁330。
[23] 同18，頁75。
[24] 徐興無注釋：《新譯金剛經》，臺北：三民書局，2002，頁141。
[25] 印順：《我的宗教觀》，新竹縣：正聞出版社，2011，頁9。

詩集中與佛教相關的詩句，對照佛學理論，可得到葉莎詩人對佛教的體悟如下：

## （一）生命是「無始無終」，「死即是生」

　　從古至今人類的文化不論中西，一切學問及一切宗教都是為了追尋生命問題的解答。[26]而南懷瑾先生在《人生的起點與終點》一書中談到「佛已經修證悟道，知道我們一切眾生、所有一切生命、整個宇宙，有個總的共同生命，是不生不滅，永遠不變。」[27]這個在哲學上，中文翻譯叫做「本體」，一切生命的六道輪迴，分段的生與死，只是這個本體的變化現象。「輪」即輪轉的意思，「迴」即「循環」的意思，輪迴即生命的循環，佛教相信人生無始無終、生死相續、永無盡頭，只是生命長河中的一小段。[28]意即像牆上的掛鐘，從零點走到12點鐘，又從12點鐘走到零點，很難指出起點與終點。而在葉莎〈終點即起點〉「在終點回望起點／奔跑一世其實未奔跑／千山萬水依然在遠方／每一個終點都是起點」，[29]與佛教「無始無終」的人生觀不謀而合。

　　生連接死，死又連接生。人的死亡往往是新生命的開始，〈石之真意〉詩句中「將天地雕琢／成為愛侶或老僧的背影／石，才是人間／真正的質地」。[30]一詩中也傳達這種理念。以「石」來代替「死」，才是人間真正的質地，也是意謂死不是終結而是另一新生開始。〈關窗即開窗〉「若靜止是滾動／不看是遙望／那麼滅

---

26　南懷瑾講述：《人生的起點和終點》，臺北：老古文化，2015，頁23。
27　南懷瑾講述：《人生的起點和終點》，臺北：老古文化，2015，頁21。
28　金木水：《一本讀通佛學與心理學-人類思想的兩種偉大智慧》，頁134。
29　葉莎：《幻所幻截句》，頁39。
30　葉莎：《葉莎截句》，頁73。

絕即是誕生／關窗即開窗」。[31]我們肉眼所能看見的肉體，不管是生是死，其構成的分子不滅，只是不斷地聚散離合，反覆地構成新物質，又反覆地由物質化為分子，故謂生死無所分，生未曾生，死又未曾死，有限裡都含著無盡，每一段生活裡潛伏著生命的整個與永久。每一個剎那都須消逝，每一剎那即是無盡即是永恆。而葉莎在《幻所幻截截句》後記中提及，「『對於我而言，生命沒有困境，唯一的困境就是死亡！』但是很快的，2018年秋天還沒有來臨之前，死亡於我已不再是困境，我臣服於『身體是靈魂的監獄』深信透過死亡才能抵達另一個更高的境界」。[32]

## （二）世事是「因緣和合」，「虛妄無我」

金剛經說「凡所有相皆是虛妄」，[33]萬有相是因緣和合，是假合的虛妄相，不是真實是暫時存在。而葉莎詩集名為《幻所幻截句》，故可推知作者已悟出佛學中幻其所幻，真幻難分的哲理，透過創作詩句來詮釋其對佛經的感悟，因此緣由以幻所幻而為其詩集命名。佛教講「無我」就是空。「無我」即一切事物皆因緣所生，無本體自性。[34]詩作如〈女子‧男子〉「以為是男子其實是女子／以為是女子其實是佛／假相以為自己是真相。真相以為自己是以為」，[35]詩寫一種真假難分的真相。如金剛經所說「不可以身相得見如來。何以故。如來所說身相。即非身相。」金剛經又云「若見諸相非相。即見如來」。[36]在〈荷〉云「似蝶，非蝶／似葉，非葉

---

[31] 同27，頁51。
[32] 同27，頁139。
[33] 南懷瑾講述：《金剛經說甚麼》，頁106。
[34] 星雲大師：《成就的祕訣：金剛經》，臺北市：有鹿文化，2010，頁125。
[35] 同27，頁95。
[36] 同31，頁106。

／是耶，非耶／最初浮泛水上的自己」。[37]最初浮泛水上的自己。
自己就是本心佛性，佛性在自己悟入處開啟。在〈虛假即真實〉詩
中「水裡的鳥，正猶豫要不要飛／岸邊的青草已在拍翅／你眼裡所
見的真實盡是虛假／我說懊悔其實是不沒不悔」，[38]詩中水泊中的
鳥想飛，而草已因風吹而動如水鳥已鼓翅而飛，故眼中所見都是真
實的風景嗎？第四句所說為什麼一生不用懊悔，因過去如倒影隨風
而動而逝，後悔也無用，生命須往前精進才能超越生死安心自在。

## （三）人生是「集苦」，「妄念所役」

　　在佛家看來，人生是一片苦海。據釋迦牟尼苦思多年而得到
的心經上說「無苦集滅道」，苦集滅道叫四諦法，「四諦」中頭一
個便是「苦」世界一切皆苦，所以有八苦：生、老、病、死，求不
得、愛別離、怨憎會、五陰熾盛。加上愁、悲、憂、惱為十二苦，
人生是痛苦的集合體。[39]而葉莎截句也同樣表達人生無奈。〈老
人〉「路將盡／腿也開始崎嶇／一生的傘已殘破／風也濕了」；[40]
〈此生〉「有些熟黃有些嫩綠／靈魂是風中之葉，搖著孤獨／你
翻開也好，闔上也好／悲喜夾進書頁字生字滅」。[41]葉有熟黃有嫩
綠代表新生與老死，無論如何總是孤獨的來與孤獨的死，人一生悲
喜哀愁都將隨著死亡消失殆盡，終須滅亡。〈最後〉「掩臉／將此
生……掩蓋／曾經看見的，聞到的，說過的／盡是虛妄」。[42]而心
經說「無苦集滅道」中的「集」是集攏，而「苦」的原因是煩惱，

---

37　葉莎：葉莎截句，頁98。
38　葉莎：幻所幻截句，頁41。
39　南懷瑾講述：人生的起點和終點，頁160-161。
40　葉莎：葉莎截句，頁34。
41　葉莎：葉莎截句，頁67。
42　葉莎：葉莎截句，頁81。

是煩惱自己招致來的，故十二因緣說到「愛取」，貪愛、抓來、占有。無始以來，都在愛取，集中來，又散掉，又一定會散掉。苦因集而生，[43]在〈愛〉詩中寫到「在不經意之間／愛變成折磨的起點／該悟未悟的此生／彷彿黑夜的無限蔓延」。一切的苦，主因是在我們自己內心的無休止的前進追求。我執我愛是所有妄念的來源，一但日積月累，煩惱與痛苦無隨之而來，變成了人生牢籠。所以提到愛變成折磨的起點，與之相呼應。

我們心住在那裡，執著於「六塵」，被自己的欲念及妄想所迷惑，而產生顛倒夢想，如星雲大師所說，「有情眾生生活在『妄念』中，心住在『五欲六塵』裡」。[44]如〈小蛇〉「破裂的痛苦／殼外流動的誘惑，蠢蠢欲動，有人說是誕生／有人說是毀滅」。此詩標題是「小蛇」，蛇在佛教經典譬喻四毒蛇來比喻構成身心以中代表地、水、火、風四大元素。如在《大般涅槃經》中，佛陀指出人身如四毒蛇居於一篋，能噬咬一切眾生，使眾生沾染惡習，甚至喪命。第二段說「殼外流動的誘惑」，意指人如果能戰勝貪嗔痴就能獲得解脫；反之如果被妄想所惑，則又將走入另一輪迴之中。[45]〈有岸即無岸〉詩云「晚霞築岸／小船靠過來聽暮色搖盪／纜繩繫在星星裡／以為靠岸了其實漂遠了」。[46]第一句與第四句有「岸」，在佛經「波羅蜜多」是古梵語，意思是「完成了!從此岸到彼岸，涅槃寂靜了」，意思是必須從「迷」的此岸到達「悟」的彼岸。「晚霞築岸」，有幸聽到解脫之道，「小船過來聽暮色搖盪」意即心不靜被妄念所役故「纜繩繫在星星裡」，以為靠岸了，

---

[43] 南懷瑾講述：人生的起點和終點，頁162。
[44] 星雲大師：《成就的祕訣：金剛經》，頁142。
[45] 慧能編：《一次完全讀懂佛教-給現代人讀的佛教智慧書》，頁306。
[46] 葉莎：《幻所幻截句》，頁123。

可脫離煩惱，但其實漂遠了，離身心自在又遠了。

從以上探究可知「葉莎截句」對佛教義理體悟，是認為世事是因緣和合是虛幻假相，而人卻受妄念所役而受苦，如不覺悟又會墮入另一世輪迴，因人生命是不生不死。但就是因可死而後生，只要能覺醒，就能離苦得樂獲得清淨自在。

## 五、「葉莎截句」佛學之實踐

金剛經云「世尊。我今得聞如是經典。信解受持。不足為難」，信解受持，意即把佛經教理信得過，解悟到佛學各種義理，悟道後修行，修行以後證到佛的道果。[47]故知要證佛道除了「悟」也要實踐。以下是筆者對「葉莎截句」之如何實踐佛學作探究得以下結論：

### （一）人人皆是佛，自悟能成佛

慧能禪師開始說法談道：「菩提自性，本來清淨；但用此心，直了成佛」，後又詳細解說道：「菩提般若之智，世人本自有之，只緣心迷，不能自悟。」也就是說每個人本是佛本具覺性，自性本清淨，只因迷而不能自悟，但有覺醒之心，就能成佛，獲得解脫。[48]葉莎截句如〈不悔即是悔〉「許多樹暗自星星／身子都歪了／不肯傾斜的人／成為湖泊，靜了」。[49]第一段提到許多樹暗自星星，樹為有些修行者向外找尋經中佛說的佛性，以尋求解脫但徒勞無空，而另一修行者不攀緣外在靠自己修為，傾聽自己內在的聲

---

[47] 南懷瑾講述：《金剛經說甚麼》，頁23。
[48] 慧明著：《圖解金剛經、心經、壇經》，臺北市：凱信出版，2013，頁304。
[49] 葉莎：《幻所幻截句》，頁129。

音,而得自在清淨。

## (二)時保善護念,能無所住之心

金剛經云:「諸菩提摩訶薩,不應住色生心。不應住聲香味觸法生心。應生無所住心」。[50]人在六根六塵中打滾,要「不應住色生心」,知道一切境界及現象都是假的無著無相,離一切相「應生無所住心」,要隨時觀察自己心,要使此心無所住。南懷瑾先生云:「不管儒家、佛家、道家,以及其他一切宗教,人類一切的修養方式,都是這三個字—善護念。」念為一呼一吸之間,照佛學解釋,人的一念有八萬四千煩惱。有四念處,念身、念受、念心、念法。善為好好照顧自己的思想、心念及意念才能澈底覺悟。[51]在葉莎的截句詩作〈不悟〉:「江河豈是明鏡/潮浪竟似拂不去的塵埃/船伕日日擦拭/漣漪又到眼前來」。[52]第一句以為已是有清淨之心,但煩惱似塵埃日日生,而修行者如船伕必須時常擦拭,意即看顧自己的心,使六塵不住於心,否則妄念又如漣漪出現於眼前。

## (三)修持度厄法,解煩惱達涅槃

心經云:「觀自在菩薩,行深般若波羅蜜多時,照見五蘊皆空,度一切苦厄」。要度一切苦厄,轉煩惱為菩提,具體的方法就是「六度」。六度即是佛家的六波羅蜜,「六種得度的方法」,分別為布施、持戒、忍辱、精進、禪定、般若。[53]就能達到心經所說「依般若波羅蜜多時,心無罣礙,無有恐怖。遠離顛倒夢想,究竟

---

[50] 南懷瑾講述:《金剛經說甚麼》,頁181。
[51] 同48,頁41。
[52] 葉莎:《葉莎截句》,頁104。
[53] 星雲大師:《成就的祕訣:金剛經》,頁16。

涅槃。」[54]而葉莎的截句中透露修持的方法以獲得解脫。

如〈死亡〉詩云「像滄海無悔成桑田，蠶無悔變成布/星星無悔變願望，森林無悔變薪柴/我一步一步靠近熔爐/熔爐也一步一步接近我」。[55]因無悔布施故無懼死亡來臨。布施是把自身所擁有或所知道的施予他人。布施能除去五毒中的「貪」《千佛因緣經》所說「施為妙善藥，服者常不死，不見身與心，觀財物空寂，受者如虛空，如是行布施，無財及受者，乃應菩薩行」，懂得布施的人，不貪，心靈寬慰，精神上升，超越死亡。[56]〈世事〉「老狗抬起一隻腳/就下雨了/嫩百合抖抖濕漉漉的身子/看見天氣晴」。[57]狗在佛教經典中常被用來比喻貪婪嫉妒的行為，[58]娑婆世界又稱「堪忍」世界，因為世界充滿煩惱、痛苦，事事可忍辱，就可以成就。忍就是忍耐，忍耐逆順之境而不起嗔心，安住真理而不動心。[59]〈黑面琵鷺〉詩中「於我，無一面鏡子不破/無一面鏡子破裂不肯癒合/無一面鏡子之內無魚/無一面鏡子之內無我」。[60]波浪是依水而有，水的本性是平靜的，平靜不需要在風平浪靜，就是在波濤洶湧動盪不停，水的本性還是平靜。故黑面琵鷺用如湯匙般的嘴巴在找尋魚時，雖水面起漣漪，但是，如修行達到此涅槃境地，就可解脫生死苦痛。禪定即心無雜念，不為俗務迷惑顛倒就除去散亂（五毒中的「疑」）。[61]在〈小草〉詩中「左顧，彩霞往西

---

54　徐興無注釋：《新譯金剛經》，頁142。
55　葉莎：《葉莎截句》，頁37。
56　游乾桂：用佛療心－走出煩惱遠離壓力的如來學》，臺北市：遠流，2001，頁112。
57　同53，頁35。
58　慧能編：《一次完全讀懂佛教－給現代人讀的佛教智慧書》，頁299。
59　星雲大師：《成就的祕訣：金剛經》，頁126。
60　同53，頁55。
61　同57，頁39。

飛／右盼，蝙蝠飛往東邊的洞穴／我雙眼追逐／卻安穩立足」。[62]
描述小草雙眼左看右看追逐，但心定安穩站立不為所動。與《大
乘起信論》：「一切諸想，隨念階除，亦遣除想，以一切法，本
來無相，念念不生，念念不滅，亦不得隨心外念界境。後以心除
心，心若馳散，即當攝來，住於正念」即修禪定可「度散亂」，[63]
相輝映。

從「葉莎截句」可知佛教修為是人人不須靠外力就可達到佛
的境界，時時注意自己的心念，讓心不被妄念所繫，使「心無所
住」，並持度厄法去修為就可達涅槃解煩憂。

# 六、結論

詩有可能產生如宗教一般的精神力量，而詩人宗教觀會促使
詩學放射出不同的光彩與美學，讓讀者對詩作文字與意涵更多元的
發現與人生體悟。筆者探究葉莎詩人從《幻所幻截句》與《葉莎截
句》兩本截句詩集，建構其宗教觀，希望提供讀者閱讀她詩集不同
的觀點，而得到更多收穫與喜悅。

首先，推敲葉莎宗教情懷是以佛教為依歸可從「引佛語入詩」
「引佛典入詩」及「詩境現佛理」三條脈絡去探幽索隱地追尋葉莎
截句詩與佛教的關係。

再者，探究其對佛理領悟為「生命是『無始無終』，『死即
是生』、「世事是『因緣和合』，『虛妄無我』、「人生是『集
苦』，『妄念所役』。最後其對佛學之實踐方式為「人人皆是佛，

---

[62] 同53，頁44。
[63] 同54，頁112。

自悟能成佛」、「時保善護念，能無所住之心」、「修持度厄法，解煩惱達涅槃」。

## 參考文獻

一、近人專書（首依作者姓氏筆畫，次依出版時間排序。）

印順：《我的宗教觀》，新竹縣：正聞出版社，2011年10月。

印順：《般若經講記》，新竹縣：正聞出版社，2003年4月。

李澤厚：《美的歷程》，臺北市：三民書局，2015年6月。

周芬伶：《美學課》，臺北市：九歌出版社，2016，頁177。

金木水：《一本讀通佛學與心理學——人類思想的兩種偉大智慧》，臺北市：時報文化，2018年10月12日。

南懷瑾講述：《人生的起點和終點》，臺北市：老古文化，2015年6月。

南懷瑾講述：《金剛經說甚麼》，臺北市：老古文化，2013年5月。

南懷瑾講述：《南懷瑾先生問答集》，臺北市：老古文化，2012年11月。

星雲大師：《成就的祕訣：金剛經》，臺北市：有鹿文化事業有限公司，2010年11月。

徐興無注釋：《新譯金剛經》，臺北：三民書局，2002年6月。

陳義孝居士編：《佛學常見詞彙》，臺北：文津出版社，1998年9月。

游乾桂：《用佛療心——走出煩惱遠離壓力的如來學》，臺北市：遠流出版事業股份有限公司，2001年10月。

葉莎：《幻所幻截句》，臺北：秀威資訊科技股份有限公司，2018年9月。

葉莎：《葉莎截句》，臺北：秀威資訊科技股份有限公司，2017年
　　9月。

慧明著：《圖解金剛經、心經、壇經》，臺北市：凱信出版事業有
　　限公司，2013年12月。

慧能編：《一次完全讀懂佛教──給現代人讀的佛教智慧書》，臺
　　北市：創智文化，2012年07月01日。

蕭蕭：《新詩創作學》，臺北：秀威經典，2017年12月。

## 二、期刊

林鷺：〈臺灣女性詩人的宗教觀〉，《臺灣現代詩》第21期，2010
　　年3月，頁50-60。

# ┃《薴朵截句》研究

李思航

## 摘　要

　　截句作為一種新興的詩體，在臺灣詩壇受到重視，湧現出一批各具特色的成果。《薴朵截句》就是其中一例。這本作品集合計收錄薴朵創作的截句作品106首，描寫範圍廣泛，寫作風格獨特。對自然景象、動植物、愛情等素材均有涉及。《薴朵截句》體現出言簡而意賅的藝術特點，擅用溫婉的詞句，表達十分精煉，且具有深遠的意境。

**關鍵詞**：臺灣現代詩、截句、薴朵、風格、表現手法

# 一、截句的稱謂和規範

## （一）截句的稱謂

截句是這幾年開始逐漸流行起來的一種新詩體，如果說到這一稱謂的由來，蕭蕭（蕭水順，1947－）先生已經做過詳細解釋：一是蔣一談先生從李小龍截拳道中得到的情感體會，二是近體詩「絕句」也有「截句」的別稱。[1]

## （二）截句作為一種詩體的規範

新詩不像律詩那樣規矩謹嚴，字數、句數、音韻、平仄、對仗等要求一絲不苟。但作為一種詩體的截句，其必然有自身的一套規範，以便創作者可以遵循。蕭蕭先生說：

> 臺灣截句，以四句為主，不以四句為限，可以新製，可以裁舊，即使篇幅短小，也應落題聚焦。[2]

在截句的實際創作中，確實如此。舉例來說，在本文的研究對象《雲朵截句》中，一行、二行、三行、四行的作品均有，但四行的截句還是最多的。蕭蕭先生在《新詩創作學》中將四行截句分為六類樣式，即：團結的四行、分列的四行、2+2式、1+3式、3+1式、1+2+1式。進而又分別稱之為周全式（0+4+0）、細碎式（1+1+1+1+1）、對稱式（2+2）、翹翹板式（1+3、3+1）、菱角式

---

[1]　蕭蕭：《新詩創作學》，臺北：秀威資訊科技股份有限公司，2017，頁86-88。
[2]　同1，頁97。

（1+2+1）。[3]依這些樣式，再做詞藻上的推演。這或可看作是截句創作的一些基本規範。

## 二、《蕓朵截句》中作品的形式類型分析

蕓朵，本名李翠瑛，臺灣學者，在文學和書法上均有成就。《蕓朵截句》合計收106首截句詩。這本詩集具有兩個突出特點。第一個特點是對所選之詩進行編號。作者在自序中的表述為：

> 在詩集中，我以數字編碼，從NO.01到NO.106，沒有特別的意義，採用隨機性的次序，因此，讀者在閱讀時，也是隨性的，不必從第一頁翻到最後一頁，可以隨著閱讀者的心情，隨意翻開你想要的任何一頁，翻開任何時候的任何心情，只要讀者高興開心就好。[4]

第二個特點是配圖，在一首詩的後面，緊跟著的是一幅圖片，以圖片與詩句相合，既有形象性，又可以引出一些聯想，因作者具有較高的書法造詣，所以圖片中的一部分是書法作品，這又可以使讀者在鍵盤敲擊的字和手寫的字之間切換自己的思緒。

《蕓朵截句》中有些作品有標題，有些則沒有標題，那些沒有標題的作品或可以其編號視作一種另類的標題。具體說來，有標題的有28首，約占總體的26%。無標題的有78首，約占總體的74%。這樣看來，這本詩集中無標題的作品的比重要大一些。

---

3 同1，頁104。
4 蕓朵：《蕓朵截句》，臺北：秀威資訊科技股份有限公司，2017，頁11-12。

另外，還要從行數上進行分析。在《薈朵截句》中，一行的有3首，約占總體的3%。二行的有27首，約占總體的25%。三行的有33首，約占總體的31%。四行的有43首，約占總體的41%。也就是說，一行的作品出現的次數很少，而四行的作品出現的次數最多。

　　如果再以有標題或無標題以及行數這兩個標準相結合來看比重，那麼，在《薈朵截句》中，沒有出現有標題一行的作品。有標題二行的有1首，約占總體的1%。有標題三行的有8首，約占總體的8%。有標題四行的有19首，約占總體的18%。無標題一行的有3首，約占總體的3%。無標題二行的有26首，約占總體的25%。無標題三行的有25首，約占總體的23%。無標題四行的有24首，約占總體的22%。這裡面，無標題二行、無標題三行、無標題四行的作品數量大體相等，且比重均在總體的20%以上，也可以看出作者的創作喜好。

　　在《薈朵截句》43首四行詩中，又可以分為兩個類型，即周全式（0+4+0）和對稱式（2+2）。其中，周全式的有39首，約占四行詩總體的91%。對稱式的有4首，約占四行詩總體的9%。細碎式（1+1+1+1+1）、翹翹板式（1+3、3+1）、菱角式（1+2+1）這幾種類型的四行詩則沒有在《薈朵截句》中出現。

　　此外，需要注意的是，《薈朵截句》中有些作品的某些行末尾是有標點符號的，但大多數行的末尾沒有標點符號。

# 三、《靉朵截句》涉及自然景象的描寫

## （一）《靉朵截句》涉及月和星的描寫

第36首：

月從枝頭
悄悄掛上她的衣角
星空顯得無聲無息[5]

　　這首截句最突出的特點即是很有畫面感，讀詩似乎是在看一幅油畫，而且是動態的。置身詩內，好像真的看見月光透過樹枝的縫隙，一點點照射在沉睡者身上，月光的活動雖然緩慢，但其動感卻和最後一行對星空的描寫形成強烈對比。星空的無聲無息恰恰為月光的活動做著掩護，為的是不驚醒沉睡著的甜夢。這種描寫手法的熟練運用，需要作者在生活中對事物細緻觀察。徐丹暉主編的《寫作與語言藝術教程》中談到：

> 觀察是作者根據寫作需要，有目的、有計畫地感受生活，並自覺、主動地將感受到的生活現象收集起來，以備寫作。[6]

　　文學和藝術均來源於生活，所以說，深入生活，同時認真體會顯然是創作者必需要重視的環節。

---

[5]　同4，頁94。
[6]　徐丹暉主編：《寫作與語言藝術教程》，北京：北京廣播學院出版社，2002，頁36。

第76首：

她是煙，承載著你的愛與意識
夜半彎腰的月光中
她化為幽幽的
一句，詩。[7]

在這一首涉及月的截句的描寫中，突出著月光的一大特性，即籠罩。單從自然界來看，夜晚，星光雖有，但不可和月光相比，可以說，在大多數時候，月光就是夜晚最大的光源。這樣，實際上月光是籠罩著大地的。而煙也有籠罩這種特性，所謂煙霧繚繞，人若置身其中，會有被包裹的感覺。而煙若出現在夜晚的月光中，則更是一種籠罩中的籠罩，朦朦朧朧，情態模糊，月光中有煙霧，煙霧中有月光，剛好適合意境的延展。意境的營造對美學而言，具有十分重要的意義。葉朗先生就很確定地指出過「意境」對中國古典美學的重要性，認為意境說的重要性在中國古典美學體系以及中國美學史的層面上均有體現。[8]上面這首截句只是一例，其實在《雲朵截句》中，總可以看到深遠意境在文字上的體現。

上面這首截句還有一個特點，第一行到第四行，從長度上看，越來越短，這就形成了一種視覺上的誘導，而最後一行的「一句，詩。」恰恰也是簡短濃縮的表達，這樣文字和視覺便產生了相互呼應的作用力，進一步做著意境設計的心理暗示。

---

[7]　同4，頁174。
[8]　葉朗：《中國美學史》，臺北：文津出版社，1996，頁190。

## （二）《雲朵截句》涉及風的描寫

第37首：

> 總有一種風，與你擦肩而過。
> 在你眼眸深處寫下
> 你的斷腸，我的天涯[9]

風有一個特點是飄忽不定，作為一種事物，觸摸不到實體，卻可以真實感知，這種感知有時還十分強烈。這首作品用「擦肩而過」描寫出身體對風的感知，因為如果沒有感知，怎麼能知道是風從身邊吹過呢？此詩接著還描寫出風留下的痕跡，即「在你眼眸深處寫下」，具體寫下的內容，則要在後面揭示。在最後一行，從形式上化用元代馬致遠《天淨沙·秋思》中「夕陽西下，斷腸人在天涯。」這一句，雖然不是對情感的直接表達，卻體現著強烈的情感因素。

第88首：

> 旋轉成風的髮，風的記憶
> 拉起狂歡的旋舞[10]

這一首截句和上一首的異曲同工之妙，是在描寫時充分運用擬人的手法，使詩句中的生命力得以全面體現。在此詩的描寫中，風

---

有了「頭髮」，有了「記憶」，這使得風的形象更加動感活潑。而進一步的動感描寫，體現在「旋舞」一詞上，這種描寫不僅具象，而且加快了詩句的節奏。節奏變化在描寫上也是一種重要的手段，因為如果節奏太過單一，會使讀者和文字之間的互動隨著閱讀時間的推移而逐漸減弱，但如果寫作節奏突然有了變換，那麼，讀者也會隨之變得興奮。

在使用各種寫作手法的時候，還需要作者的真情實感，因為只有真實的內心情感，才能外化為好的文句。劉勰在《文心雕龍》中說：「夫情動而言形，理發而文見，蓋沿隱以至顯，因內而符外者也。」[11]也指出了這個道理。

## （三）《雲朵截句》涉及雲和雨的描寫

第9首：

> 寂寞是一朵雲
> 長年開在你的心底[12]

這首截句以雲比擬寂寞，使寂寞這種感覺有了可以認識和查看的形象。先看看雲的形象，晴空時有白雲，陰雨時有烏雲，白雲軟綿綿，使人感覺溫暖，烏雲則讓人有沉悶的感覺。這首作品中說的雲，到底是白雲還是烏雲，作者心中想必是有答案的。而讀者需要依靠自身的感悟，得出適合自己思緒和情感的解釋。此外，雲開在心底，則表示情緒的一種內斂，詩描寫的主體不使情緒宣洩出來，

---

[11] 劉勰著；周振甫注：《文心雕龍注釋》，臺北：里仁書局，1984，頁535。
[12] 同4，頁40。

而是暗自隱藏，也從另外一個角度說出寂寞的感覺。

第14首：

> 外面正在大雨
> 你的眼中裝著太陽
> 撐小花邊的陽傘[13]

　　這首截句的意象設計給讀者的第一感覺就是具有邏輯聯繫。這種帶有邏輯性的設計收穫的是「意料之外，情理之中」的感受。而以「大雨」變換至「太陽」，進而用「陽傘」進行連接和穿插的描寫手法也十分新穎獨特。王瑤先生認為新和變是始終不離文學史的發展的，而且在高品質作品的創作上也是必要的。[14]《雲朵截句》的很多描寫就是這樣，在溫婉的總體風格裡面，在遣詞造句上有著創新，有著變化，這也是作者文學功力的確實體現。

## （四）《雲朵截句》涉及山川河海的描寫

　　如上文所述，《雲朵截句》中的大部分作品是沒有標題的，有標題的作品只占總體的約四分之一，而第56首〈寂寞咖啡杯〉[15]就是其中一例。「河流」本是渡人渡船的，在這裡卻要渡「人影」，再對照第一句中的「透明」二字，則更好地體現著光影和心情一同恍惚的感覺。這首截句的突出特點是運用著口語化的表達。其情調

---

[13] 同4，頁50。

[14] 王瑤：《中國文學縱橫論》，臺北：大安出版社，1993，頁24。

[15] 〈寂寞咖啡杯〉：轉身想像透明正在蔓延／直到將你全部冰凍／若是河流也渡不過今日泛起的人影／褐色　將讓你淹沒在路的盡頭　同4，頁134。

和相傳蘇軾所寫的〈花影〉[16]十分相似。這種感受，古今一理。口語化的表達一是簡單易懂，二是生動俏皮。在詩的創作上，有時就是需要這樣的表達形式，使之更易體現生活的點點滴滴。

第106首：


　　浪潮像顛倒的山峰
　　從海洋裡看見你無數的倒影[17]


　　這首截句在創作條理上十分清晰。「浪潮」就是這樣，呼嘯奔湧。而用「山峰」作為比擬，則更貼切地突出著巨浪的磅礡氣勢。這樣的寫作需要作者在生活中面對自然環境直接體悟，以便合理應用。而具有相同生活環境和文化環境的讀者可以確實感知作者要表達的意涵。所以說，文學形式的完善在某種程度上要依靠生活環境和文化環境的助力。不單詩是這樣，詞也是這樣。劉尊明先生的〈晚唐五代詞發展興盛的文化觀照〉一文就認為：和隋、唐前期相比，唐後期及五代的時代文化特性對詞的生存和發展更為有利，而詞形成的文化特點也受這一時期文化的影響。[18]文學形式要在自身面對的環境中成長，最先要做的就是和這種環境相適應。

---

[16]　〈花影〉：重重疊疊上瑤台，幾度呼童掃不開；剛被太陽收拾去，卻教明月送將來。引自林庚：《中國文學簡史》，北京：北京大學出版社，1995，頁372。
[17]　同4，頁234。
[18]　劉尊明：〈晚唐五代詞發展興盛的文化觀照〉，引自湖北大學中國古代文學學科編：《中國古代文學論集》，北京：中華書局，2002，頁194。

# 四、《薈朵截句》涉及動植物的描寫

## （一）《薈朵截句》涉及動物的描寫

第10首，這首截句只有一行：

> 一隻貓躡手躡腳走過你的背脊[19]

這是《薈朵截句》中應用現場寫實技術的典範作品。透過文字，似乎可以看到貓的活動軌跡。而這種描寫自然不會是單指貓的行為。在具體的情境描寫中所隱藏著的，可能是一種情感的暗示，「躡手躡腳」更突出這種暗示，全詩的氣氛保持在既安靜又飽含某種動勢的節奏裡。

## （二）《薈朵截句》涉及植物的描寫

第46首：

> 玻璃與鏡面相互照映
> 影子縮短，黑暗是一朵玫瑰
> 藏匿在光之外
> 從此，空白。[20]

在這首作品裡，「玫瑰」不僅僅是一種植物，從更深的層面

---

[19] 同4，頁42。
[20] 同4，頁114。

看，其是穿梭在光影之間，不重形質而重氣質的物象。而「黑暗」和「空白」的對比，則使得全詩從總體上看更具有流動的特質。這首截句在使用「玻璃」、「影子」、「光」等物象之外，特別以「玫瑰」表現情感，使意象更加深刻。葉朗先生認為：「審美意象是「情」與「景」在直接審美感興中相契合而昇華的產物。」[21]誠然，情景相合則使得激蕩出的審美意象獨特而具有魅力。

第100首：

你寫起傳說
用晨起時，掛在樹尖的露珠
山泉水煮出一壺
美麗的詩[22]

這首作品中提到「樹尖的露珠」，具體說的是哪種樹，詩中沒有直接表達。但從和山泉水相提並論看，似乎山間的青松翠柏更為適宜和全詩的主體風格相配合。詩中所表現的物象是為突出主題而設計，本詩的主題則是「傳說」和「美麗的詩」。徐丹暉主編的《寫作與語言藝術教程》中說：「主題的形成是一個深入生活、認識生活和反映生活的過程。」[23]直接地說，詩要表達的主題即是作者對生活的感知，是作者對生活中獲得的情感要素進行提煉，使之文字化而成的。所以說，讓生活過得充實有趣，是創作優秀文學作品的重要條件之一。

---

[21] 同8，頁264。
[22] 同4，頁222。
[23] 同6，頁127。

## 五、《薈朵截句》涉及愛情的描寫

第3首：

> 孤獨沒有影子
> 你一出生
> 便停在那裡[24]

這首截句中沒有出現愛情的直接描寫，但是卻讓人覺得是在描寫愛情。最能體現這種情緒的用詞就在「孤獨」上。這是一種反襯的表現手法，用一個詞暗示另外一種狀態，雖然不直說，但給人的刺激感更強烈。

第11首：

> 長鏡頭看盡你的一生
> 短鏡頭看透你的愛情[25]

文學作品要想展現境界，需要有重點字點題。古代詩詞裡是這樣，截句裡也是這樣。王國維在《人間詞話》中說：「「紅杏枝頭春意鬧」，著一「鬧」字，而境界全出。」[26]可以說，要想體現文學作品的境界，重點字的使用十分重要。這首截句展現境界的重點

---

[24] 同4，頁28。

[25] 同4，頁44。

[26] 陳鴻祥編著：《《人間詞話》《人間詞》注評》，南京：江蘇古籍出版社，2002，頁20。

字則是「透」字。而用「長鏡頭」和「短鏡頭」置於句子開頭，在形式上和語境上均形成鮮明對比。

第22首：

> 你坐在我身邊
> 我不知道你心中裝的是誰
> 走在一條陌生路上
> 其實，我也忘了你是誰[27]

如同上文所說，有時，進行愛情主題的描寫不會直接說愛，而是用情景和詞句給讀者以切身感受。就這首截句而言，表達的是「最熟悉的陌生人」這種情形。雖然就在身邊，但卻感覺陌生，而心中感情的另有所屬，則導致同行而陌路，互相遺忘似乎是一種合理的選擇。

第105首：

> 愛情離去的時刻，沒有預告片
> 就像那天
> 興許太陽過於熱情[28]

這首截句體現著強烈的感情激蕩，在表現手法的選擇上，使用直接表達的形式。在宋詞中，婉約派的代表人物柳永擅用這種手法。但是，詞和截句畢竟不同。詞的音樂性更為明顯。「詞乃音樂

---

27　同4，頁66。
28　同4，頁232。

文學，唐宋詞也就是唐宋時代的流行歌曲。」[29]而且，因為截句有四行以內的規範，這也使得截句不能像字數多的慢詞那樣做很多描寫和鋪敘。雖然如此，截句和詞在情感表達和意象使用等層面上還是有著異曲同工之妙的。

## 六、《雲朵截句》的藝術成就

### （一）溫婉的詞句

《雲朵截句》的一大特點是遣詞造句十分溫婉雅致，比如第59首，〈另一種月光〉中的第一行「詩句彷如月色」[30]就是其中的典型。月亮依據陰晴圓缺變換著形象，而詩句也會因作者的創作手法不同而形象各異。月色多種多樣，但在大多數時候是柔和的，雖不像太陽那般耀眼，卻可以直視，就如同詩句，可以直擊內心。以詩句比擬月色的這種表達既直接明瞭，又溫婉體貼。而這種寫作風格帶給讀者最重要的感觸即是心緒的舒暢祥和。

溫婉的表達手法本身就具有柔和的情感，同時也具有包容的形質，這種寫作特點使得《雲朵截句》的詞句容易和各種詩境相互融會，也更容易和讀者進行情感互動。

### （二）精煉的表達

《雲朵截句》的另一大特點是在很多詩句的表達上極其精準和簡練。比如第66首的第三行：「冷的心情，你明白」[31]即是一例。

---

[29] 劉尊明，甘松：《唐宋詞與唐宋文化》，南京：鳳凰出版社，2009，頁339。
[30] 同4，頁140。
[31] 同4，頁154。

作者用直抒胸臆的表達說清一個事實，特別是用在心理活動的描寫時，更是簡潔爽快。口語的應用在詩的創作中往往起著十分重要的作用。林庚先生認為定型與僵化是詩歌形成典範後容易出現的情況，而從生活語言中取法則是避免這一情況，不斷取得進展的重要辦法。[32]而從生活語言裡面吸收到的營養，要想形成詩句，還需要提煉和昇華。這就需要作者的學養和智慧。《薹朵截句》的作品即有這樣的品格，表達精煉，卻有著很高的格調。

## （三）深遠的意境

《薹朵截句》語言簡練，但意境卻十分深遠。比如第42首：

> 往事只能談談
> 話話。像煙。[33]

全詩僅十個字，卻有著二組重字。字裡行間表露著短小精幹，同時也使作者的態度有著透徹表現。作者寫的詩很多帶有情詩性質，但一些作品不直接表現為情詩。其中感情的表現要靠意境的營造獲得。

《薹朵截句》中這種深遠的意境是建立在作者對宇宙人生的感悟和認知上的。

面對可以產生詩句、詩感、詩興的宇宙人生，既能進入其境，汲取創作上的營養，又能超然出來，將感悟融會提煉，這是詩人最好的創作狀態。

---

[32] 林庚：《中國文學簡史》，北京：北京大學出版社，1995，頁370。
[33] 同4，頁106。

又如第95首：

　　今夜
　　我讀文字，像在讀你的一生[34]

　　這不禁讓人遐想，是在讀誰的一生呢？是文字的一生，還是某個人的一生，或者兼而有之。文字最終表達的還是人的情感和思緒，可以說，既是在讀文字，又是在讀需要體會的人生和情感。進一步聯想，也許在某一個層面上，完成對文字、人生、情感的閱讀之後，再閱讀的就是自己的意識。這樣的思緒遊走使得作品伴隨著讀者的解讀過程更具有深遠意境。對一首截句作品而言，能在四行之內展現出深遠的意境，這也是《雲朵截句》取得的重要藝術成就。

## 參考文獻

王瑤：《中國文學縱橫論》，臺北：大安出版社，1993。

林庚：《中國文學簡史》，北京：北京大學出版社，1995。

徐丹暉主編：《寫作與語言藝術教程》，北京：北京廣播學院出版社，2002。

陳鴻祥編著：《《人間詞話》《人間詞》注評》，南京：江蘇古籍出版社，2002。

湖北大學中國古代文學學科編：《中國古代文學論集》，北京：中華書局，2002。

---

[34] 同4，頁212。

葉朗：《中國美學史》，臺北：文津出版社，1996。

劉尊明，甘松：《唐宋詞與唐宋文化》，南京：鳳凰出版社，2009。

劉勰著；周振甫注：《文心雕龍注釋》，臺北：里仁書局，1984。

蕓朵：《蕓朵截句》，臺北：秀威資訊科技股份有限公司，2017。

蕭蕭：《新詩創作學》，臺北：秀威資訊科技股份有限公司，2017。

按：本文之一部分已在《蘭州教育學院學報》上發表，2019年第5期。

輯

截句解讀

# 不能說的祕密
## ——讀周德成〈忌日〉

吳清海

## 【截句】

〈忌日〉　　周德成

當我和你的死亡只有一米　那年我八歲
我聽見漸止的腳步聲

然後我也變成一個死人
是的　死人最沉默

## 【解讀】

　　這首詩講述人與人、人與社會，最後人與自己的關係。

　　題目忌日，忌可拆成己＋心，己，即「紀」，繫扎、約束。個人想法被約束為忌。日也可拆成口＋口，當嘴不再說話是另一種死亡，為何不再說，也許是不能說或不敢說，因為人行走在人間，有

法律要遵循，有約定成俗的風俗要遵行，這都是「忌」，不能隨心而為。

詩的開頭點出作者八歲面對第一次死亡，與亡者面對面的距離只有一米。首句營造一個畫面，八歲的愚騃，對映冰櫃中的大體，空間的一米，在作者思緒裡，可能翻了好幾座的五指山，他一定想理解什麼是死亡，也會思及自己有一天也會經歷死亡。他所觀察到的是「無聲無息」，以聲音巧妙地承接第二句，「漸止」的不只是死者的腳步聲，靈堂中有諸多的禁忌，孩裡的歡聲笑語也都在禁止之列，在死亡的安靜下，作者面對大人的世界，也漸漸失去自己。

詩作第一層死亡，作者與親愛的亡者斷了線，生命此刻，時間的斷裂、複雜的迷途，所有大人回答孩子亡者到那裡去？總是典型且尷尬的答案——做仙。原本兩張口可以天南地北，此後只剩孩子對著空氣的自問自答。第一層的失去，他徬徨無依。

第二層面對死亡，靈堂代表社會，作者經歷第一次洗禮，只能「行禮如儀」。人我之間的不可成了不是，不是又對立為不對。一夜長大下，社會規範下人的距離是心的距離，心的距離為謊言所拉長。孩子是社會底層最弱勢族群，他發不發聲，不會有人聞問。第二層失去，他不知所措。

第三層哀莫大於心死的死亡。所有的「忌」都是不能出口的隱忍、不能說的祕密或是不能慰人的謊言。真相隨著死亡而消失，死者沒人在乎更遑論生者。在自己與自己相處時，人間的答案似乎也隨亡者而不知所蹤。

八歲的孩子長大了，但心仍停留在八歲的喪禮。當初的「忌」把所有的「口」都封死，亡者是自然不再說話，作者也死了心，因為話語在世界顯得多餘，曾有一個人想聽也聽懂了，也就足夠了，

而今知音已遠，就讓雙口同泯。

　　作者灰心喪志，讓自己行屍走肉，他不願面對自己，無法抵抗社會制度，更無奈於人與人之間的棉裡針，他選者沉默。他說死人最沉默，然而他還活著，是生而為人就不該沉默的反諷。

　　梳理詩中三層意，第一層人與人疏離和陌異愈演愈烈，人與人或只有一米距離，但彼此懂得嗎？第二層則帶點諷刺，政府讓人民說話卻不讓人民有無發言權，第三層是人喪失自己獨處的能力，也許裝死讓人好過些。但事實我們都還活著，都還得有人的責任。

　　只有真正穿透死亡，才能真正明白什麼是活著，若能如此，亡者的忌日就會成為生者的生日。

# 與蕭蕭共賞李白紫藤樹

李枝興

## 【截句】

〈隨李白賞紫藤〉　　蕭蕭

紫藤掛雲木，我看見你的微笑從唐朝就高過其他歡欣
所有粉紅豔麗或月光的白因為你相信花蔓宜陽宜春
密葉深處隱藏著歌鳥還是你的詩
眼前穿梭的香風倒是留住了美人的腳步君子的心

## 【解讀】

　　紫藤多采多姿，典雅高風，開花時節一串串紫花如風鈴般懸掛，隨風搖曳如紫浪湧退，美不勝收。由於姿色瑰麗，柔情萬千，因此除了常為古今水墨畫家創作的題材外，中國歷代寫詩讚揚紫藤的也不乏其人。

　　唐代詩人李白就寫有〈紫藤樹〉一詩：「紫藤掛雲木，花蔓宜

陽春。密葉隱歌鳥，春風留美人。」這是一首吟詠藤州景物的詩，重在藉物抒情，作者李白通過吟詠紫藤樹抒發他個人對大好河山的熱愛；詩人以紫藤自喻，借紫藤掛於雲木，將紫藤、花蔓、密葉、春風、美人等事物糅合為一體，給與生動的描繪，呈現一美麗畫境。

而詩人蕭蕭讀李白詩，產生如紫藤花串般的發想，以綿延長句來暗喻紫藤長長紫花懸掛之美。從「紫藤掛雲木」的繁花蔓密高掛樹上，看見李白賞紫薇之微笑，穿越唐朝通過宋元明，至今仍是讓人歡欣喜樂；記得蕭蕭曾說過在與唐代一樣同是溫暖的陽春三月，與友人同遊臺灣阿里山瑞里，錯過紫藤盛發時節，因而不遠千里前往日本，欣賞紫藤繁花盛開高垂而下如紫瀑奔瀉入海，其勝壯之觀，連日本美麗櫻花都得捲袖掩臉靜陪兩側。

蕭蕭驚呼之餘，瞧見花朵的粉紅豔麗與日光同賀春光之美。心醉於這樣的美景，使得蕭蕭不得不問問李白，想圖個明白：在如今，我們所見的樹高藤大葉密處，隱藏的是當年鳥鳴歡唱還是李白吟唱的詩？而當年浪漫李白的紫藤香風讓人駐足的是美人，當今詩人蕭蕭則因心嚮往李白詩境，而自許翩翩君子與美人同為紫藤留步，駐足流連。

在內容方面，蕭蕭的〈隨李白賞紫藤〉截句藉人藉物來抒情，隨著與友人上山悠賞紫藤的浪漫，道出紫藤曼妙唯美的風姿；藉鳥叫，點出詩境藏於紫藤林中的幽蘊溫婉；除了美人之外，加入君子元素，表現眾人同心嚮往，更加生動的描繪紫藤之美。

此首截句文字語句的運用竟然是有兩行高達22個字，最少也14個字，不過因是橫向排列只能覺其長度，若能縱向排版就可看出作者想表現紫藤串串垂綻之美。不過這樣的長句似乎和截句最多四

句，每句都得短而簡潔有力的主要精神訴求，有所悖離。蕭蕭或許是試煉證明截句可以很短也可以很長。這讓筆者想起他有首截句〈藍顏色的煙〉，內容只有一句：「靈魂出竅，河裡的石頭冒著藍顏色的煙」，可見蕭蕭是深諳文字與句式安排的人，他總是不斷的在創作中探求文字長短表現的可能。而〈隨李白賞紫藤〉這首截句，不但句子長，聲韻也講求綿延纏繞之音效，讀者不妨快讀幾次便可發覺其特有的渾厚音韻，更增紫藤的漫長與繽紛之感。

今日我只想帶著蕭蕭詩句中消遙瀰漫的紫藤香，放鬆心情走進大自然，在與紫藤花海的默然相對中，領悟著蕭蕭融合李白詩境中的盎然詩意，彷彿聽見了隨風飄逸、婀娜多姿的花兒，正呢喃細語。隨著微風飄來陣陣花香，我也忍不住深呼吸幾口，眼前只見一片紫色的、美麗的花海，一片讓人陶醉的紫！

# ｜〈乳房拒絕憂傷〉非關情色

楊正護

## 【截句】

〈乳房拒絕憂傷〉　　蕭蕭

看著看著，那是富於彈性的乳房
想著想著，不宜江湖、男人、海浪、憂傷

特別適合李白和月光

## 【解讀】

　　蕭蕭這首截句題目十分聳動，是煽情？還是破題呢？

　　我們可以把這三行詩拆解來讀：

　　第一行，描寫富於彈性的乳房而非稱豐滿、凸出、誘人犯罪曲線等情色字眼，只稱彈性的乳房。在遠古母性社會，女性擔負種族繁衍的重責，那時繪製大母神令人膜拜的偶像，乳房部位特別誇張

地臃腫、膨大，以現代審美觀是不美的。直到近代美學興起，男女平等，異性相吸視為正常反應，女性的描繪漸趨寫實，描述女性乳房的詩句也由含蓄到露骨，這裡指彈性的乳房是物化柔順的女人泛稱，非關情色，也非關歧視。

第二行，不宜江湖、男人、海浪、憂傷。雖然男女平權，在現時社會立足，女性相對較為柔弱，所以例舉女人不宜在江湖衝撞，與男人鬥氣，與海浪（逆境）搏命，即使如此也沒自怨自艾的憂傷之權利。這裡有貶低女強人的事實，是本人自己推估，也許不是蕭蕭的本意，只是我的誤讀。

第三行，與第二行隔一行做個大轉彎，既然沒有憂傷的權利，暫時隱忍圖謀，只有以女性的溫婉，仿擬李白吟詩作對，因為讀李白詩不能不吟他的詠月詩，他喜歡借月抒懷，表現釋然與開闊的胸襟，這裡也點出女人渴望自由的企望。

以上拙見，方家當有不同的看法，敬請指教。

# 同融共存永生息

蕭秀華

## 【截句】

〈一白與眾采〉　　蕭蕭

渾沌中掙出一點白
水流花香了
風雲有了顏彩

## 【解讀】

詩題本為〈一白與眾采〉，我們或亦可加上引號，解讀為〈「一白」與「眾采」〉，這二種排列方式，都可以清楚展現「一白」與「眾采」是具有均衡作用的互相平等對待著，意即此「一白」與「眾采」關係密切，並能共融共存永生息。

「渾沌」中掙出一點「白」

指天地未形成時，模糊不清，元氣未分的存在狀態，黑與白混合著多層次的膠融處……一絲絲純良的白，抗逆著擺脫舊有模糊不清的形式，撐取鑽出自信的自己。

水「流」花「香」了

流水潺緩了，花開放香了。

「風雲」有了「顏采」

在令人蕩氣迴腸，變幻莫測的局勢中，迸發顏色煥發的光彩。

由此詩得見，詩人蕭蕭藉著有限的文字，表達無窮的意志，仿若沿緣古詩，近體詩如絕句、律詩，至現代詩，新詩等等，與時人共同創作「截句」詩體之稱，因應時代更換詩體的演變成功，均可屬渾沌中掙出的一點白；詩人蕭蕭此詩以簡白字眼闡述偉大意向的開拓，用字功夫含蓄精到，思維縝密，前後貫串完整成詩，自然正向而親切，令筆者獨愛有加。

## 附註

1. 渾沌，出自《莊子・應帝王》。
2. 掙，從手部，爭聲。《漢語大字典》第三卷，1874頁。
3. 白，指白色、白光、或指純良的逆撐。白色屬明度最高的無彩度系列，白光為物理學上以為太陽光是由七種單色光混合而成。

4. 宋東坡居士有云「深林明月，水流花開」意味著安靜恬淡之景象。此處「花開」用眼睛看，視覺距離有限，有形象有侷限。詩人蕭蕭引「花香」，用嗅覺聞，無形無象，無行蹤，無疆界，散播得更寬遠。

5. 風雲，此詞古語已有之，可指變化莫測中動盪局勢，亦可指風起雲湧的人與事，具蕩氣迴腸的特質。

6. 顏采，含顏料三原色，紅、黃、藍等彩度與明度的混合變化，全混時最後成灰黑色。亦含光三原色：指紅、藍、綠，此三色光交集時成熾白光。在光與色的交融中色彩繽紛，變化萬千。

# 深層的澎湖

## 林素甄

### 【截句】

〈澎湖〉　　白靈

連貓都懂：什麼是陳年精釀的寂寞
每個角落都剪得下一張風聲

每顆人頭都被海淋過
每塊石頭都站過一隻　　燕鷗

### 【解讀】

　　澎湖——這座佇立於臺灣海峽中的中華民族移民的跳板，是海的子民，是風的玩伴，在這獨特的地形地貌上，有著不同於臺灣本島的生活樣貌及自然景觀，

　　咾咕石屋、蜂巢田、玄武岩石柱、天人菊、仙人掌、沙灘等，

是遊客眼中的印象，然而當地居民對這生長的地方又有著什麼樣的記憶和感受呢？白靈於〈澎湖〉這首截句中，用四句話即道破了澎湖的特色及遊客歡笑聲散去後的寂寥。

「陳年精釀」這句話原慣用以形容美酒的香、醇、濃、烈，在此白靈則是把「陳年精釀」用來形容「寂寞」，更讓人感受出「寂寞」的深、靜、遠，這樣的用法是把「寂寞」的感覺更向前推，然而推向了極致的則是「連貓都懂」；第二句中的風聲所指的是海風，特別是澎湖凜冽的東北季風，這等同颱風級數的狂風，在冬季裡，無肆狂妄的呼嘯在島上的每個角落，每個角落也都能找到風蝕的痕跡，風聲用剪下來形容，是把風具體化了，變成是摸得著看的見的，而且風聲也有蒼茫寂寥的感覺，這句話不僅強調風在澎湖中記憶的角色，也呼應了第一句的「寂寞」；接著每顆人頭都被海淋過，則寫出空氣中夾雜著海水被風吹起的鹹鹹水氣，打在每個人的身上，或者可以解釋為海島成長的孩子，大海就是他們的遊樂場，因此每個人的生長過程中都會與海產生連結，不管是討海、垂釣或到潮間帶撿拾貝類、海草等；最後則寫到燕鷗，這是澎湖特有的鳥類，大量的群居於東北海的雞善嶼，此句則是寫出澎湖的生態。

若以這首截句的分段，前兩句寫的是寂寥，後兩句寫的是自然的生態景觀，一個是描寫心境一個是描寫所見，白靈能寫出澎湖人的記憶，也是遊客看不見的深層面，為此截句動人之處。

# 若心有草原，何懼？

曾秀鳳（凡鳥）

## 【截句】

〈我的心有好幾個洞〉
──和蕭蕭〈我藏著一片草原〉　　白靈

一個洞　蛇一條小溪
一個洞　風箏一隻老鷹
另一小洞挺了很久
刻雷電收流星的黑黑草原

## 【解讀】

蕭蕭的〈我藏著一片草原〉原詩：「我就是藏著一片草原，不怕響雷閃電」，筆者能想到這首詩的含意，大致分為二：其一若詩中的「我」指的是大自然，那麼那片草原藏在我胸膛，孕育滋養萬物，風雷雨電都無須懼怕；若「我」指的是人，當我心中擁有一片

草原般的寬闊，那麼如響雷閃電的閒言惡語，都能順耳風逝，不會逗留心中，又有何懼？

但是白靈閱讀蕭蕭的〈我藏著一片草原〉之後，竟以太陽的黑洞概念來解讀一個人的心，心有洞可讓一條小溪徜徉川流而過，心有洞也可以讓老鷹飛翔，更有一片黑黑的草原藏在心洞裡，可收流星、刻雷電，無畏來勢洶洶的生命威脅。白靈僅用36字就呈現了他對世間莫大的寬容與人事無盡的關懷，這是我的想法中所不及的。

而我也不得不承認自己非常讚賞白靈〈我的心有好幾個洞〉這首截句，讚賞與喜歡的理由有三：

其一是這首詩充滿自然諧和之境，一片草原上有河流過，有老鷹飛翔，有四季風雨雷電之變化，這些景物的描寫共織一片自然和諧之景。

其二是作者把名詞變為動詞來使用，如「蛇」一條小溪的「蛇」，提供小河蜿蜒而流一個具象化的效果；「風箏」一隻老鷹，以風箏在空中滑翔的姿態來形象化老鷹的飛翔，這裡的「蛇」和「風箏」都超脫原意與字詞用法，讓整首詩有蘊藏隱約的效果，使詩句更形漫美。

其三此詩同時具有毀滅和包容意涵：整首詩闡述一個美麗與哀愁同在，受害者與侵略者共存的概念，詩人在詩的最後兩句：「另一小洞挺了很久／刻雷電收流星的黑黑草原」把洞的層級向上推，破除有洞就有黑暗與傷害，有洞就有危險和不可思議的負面思考，提供有洞也可以說是有空間就有包容，最後以「刻雷電收流星的黑黑草原」作結，這種同時具有毀滅和包容意涵，讓整首詩的意蘊更顯得深厚。

若不是有過生命極大的歷練，難以成就這樣的意境。

# 沒有事發生？

曾秀鳳（凡鳥）

## 【截句】

〈沒有事發生〉　　卡夫

一條老狗在舔天氣
一群條子在圍捕竄逃的風
一個老男人被年輕女人的聲音清洗著

懶洋洋的街道若無其事地坐了一個下午

## 【解讀】

卡夫的〈沒有事發生〉截句，是描寫在熱天裡有一條狗舔著舌頭散熱，一群警察在巷子裡搜捕逃跑無蹤的罪犯，一個老人坐在椅子上聽一個年輕女子叨叨絮絮的數落自己的不是，而街道靜靜躺在城市裡，昭告一切平安無事。

作者採用許多借代的象徵用詞手法，以間接關係取代原有事物的直接呈現，如狗舔「天氣」、條子圍捕竄逃的「風」、老男人被女人的聲音「清洗」，真正說的是：天氣不能被舔，但狗舔舌頭可以散熱、犯人已逃竄無蹤，如風無法被捕抓，年輕女人大聲的抱怨聲洗掉讓老人的尊嚴，這一切的一切都發生在這條街道上，當大家都習以為常時，街道就宛如平常一樣「沒有事發生」。

　　間接借代的技法，讓整首詩呈現不同層次的趣味，呈現多義性，想法如花盛開般拓開。讀者讀了這首詩，初時無法即刻明白作者的用意，進而讓思考轉個彎，莞爾讚佩便充滿胸臆。而由於不是直接說A就是B，所以B就有多樣的解讀可能，且取決每個讀者所站立的個人經驗背景上。

　　筆者在讀這首詩之際，映入腦海的是愛若許·艾拉尼（Anosh Irani）這位印度孟買作家的小說《沒有悲傷的城市》。這本小說描寫的是孟買這個城市到今日還處於恐怖攻擊的陰影之中，因此這個城市裡的人，心中有愛卻常面臨悲慘分離，抱持希望卻不知道能否擁有未來。在這樣氛圍下，作者鋪陳了一個橋段：主角祥弟跟他的朋友想去趁亂進去巴布里清真寺所在地，原也是印度教的廟址偷東西，這時有個大官員來，眾人迎接，正在談笑時，巴布里清真寺爆炸！官員跟剛剛一起談笑風生的人瞬間被炸得屍首分飛，祥弟的朋友也被炸得稀巴爛。四週的人先是驚愕得說不出話，然後慌忙逃走的逃走，協助救人的救人⋯⋯他的朋友的屍首被警方跟其他人一樣像垃圾扔到卡車上，運走！

　　然後宛若無事的街上有條癩痢狗走過，有群警察持續追查捕捉可能的炸彈客，年老的人坐在街道旁，持續跟女人打情罵俏，街道看上去不若上午忙碌，大量的血跡吸引來許多蒼蠅⋯⋯。

所以說卡夫的〈沒有事發生〉其實談是發生過大事或是正要發生什麼事。

# ▌月桃飄香的熟知正味

曾秀鳳（凡鳥）

## 【截句】

〈粽香飄然〉　　藍芸

月桃在熱鍋裡顫抖香氣
這是童年鼻息的回憶
媽媽將所有料理綑在葉裡
也忘情的　將自己影子綁了進去

## 【解讀】

　　筆者並不認識藍芸這位詩人，卻在〈粽香飄然〉詩裡，找到彼此曾經相識的理由。他或她肯定是臺灣南部人，小時候曾經幫媽媽剪過月桃葉，幫媽媽把月桃葉用草莖紮成一綑一綑，放進大灶頂頭的大鍋爐裡，用木柴烹煮一兩個鐘頭，然後在媽媽的吩咐下，用勺子把月桃葉撈出來，再放進水桶或大臉盆裡用冷水浸泡。肉粽節前

夕，一早就被媽媽喚醒，強拎到水龍頭底下，用乾淨抹布一葉一葉反覆清洗月桃葉，放進籮篩晾乾備用。

把月桃葉搬進廚房時，香味撲鼻而來，媽媽正用鑊勺翻炒紅蔥香菇五花肉和花生，大吼著：把五香粉拿過來，被香味吸引的孩子，快速遞過五香粉，捧著那鍋泡好的糯米等在一旁，好比等著被宣進宮進貢的使者般的慎重。

備料完成時，竹竿被架上，上面掛著稍做浸泡的粽繩。粽子的料和月桃葉放置兩旁，媽媽的手猶如精靈上身，月桃葉一捲，米一放，紅蔥肉塊香菇花生粉逐一放入，然後一折再折，折出四個粽角，粽繩一拉，繞上兩三圈，不能太鬆也不能太緊，繫上一結，那油亮晶瑩的粽子就驕傲的高高掛上。

「媽媽將所有料理綑在葉裡」的變魔術時間，媽媽「也忘情的將自己影子綁了進去」，而此時孩子總是要被嫌礙事的，卻偏偏又像大隻果蠅，捨不得離開那抹腥臊香氣。這時媽媽大叫：可以開始燒水了，大伙兒又手忙腳亂的用爐灶燒起水來。

綁好的粽子像葡萄成串掛在竹竿上，等著逐一放入滾燙的水，蓋上鍋蓋，等水滾起時，「月桃在熱鍋裡顫抖香氣」，孩子總問：熟了沒？熟了沒？深怕那狂亂顫抖的鍋蓋，抖掉那滿室生香，香氣飄漫整村的粽子，就那麼「蹦」的一聲全都不見了！

粽子撈起晾涼，配上一碗清甜的竹筍湯，月桃葉和糯米與肉融為一爐的香是「童年鼻息的回憶」。沒想到，這童年鼻息的回憶始終操控牽引著孩子的味蕾，到哪兒都難以接受那些用竹葉包裹著熟米蒸熟的粽子；或許主要原因還是找不到「將自己影子綁了進去」的媽媽味道吧！

〈粽香飄然〉一詩，藍芸用質樸的語言文字，書寫自己對母

親最深的懷念。過去母親用月桃葉包粽子來餵養自己，質樸自然有味；而今自己用文字包裹深情以懷母親，深情款款有愛。充分顯現孩子在母親的面前，要揮灑的是毫無保留的愛，而這愛無須巧言綺句來幫襯，便已如月桃粽香飄然。

# 牽拖也是一種浪漫

曾秀鳳（凡鳥）

## 【截句】

〈春天的事〉　　葉莎

傘是那人送的
一起看過一場櫻花之後
就和雨一起
散了

櫻花說：
那人真的有點笨，情人之間是不能送傘的，不過也許他
很早就想送了，從情人要變回非情人，總要經過一些巧
妙無痕的設計，讓傘承擔所有的罪。

# 【解讀】

〈春天的事〉描寫情人相邀一起去看櫻花,在櫻花花雨中共撐一把小傘漫步。這原是情人情愛浪漫的經典畫面,無奈這場愛情夢,最後竟和那瞬間分枝離幹的櫻花般,紛飛遠走;與春雨同化成春泥,消失無蹤。

此詩描寫情人分手,無法言明理由,只能牽拖於「送傘」等「送散」這種悖離習俗禁忌所導致的必然結果。然分手必有因,才能造成斷離的結果,卻由於心中還有愛,對情人回頭也尚有企盼,所以假借輕輕埋怨情人當初送的那把傘,把分手之責轉給一把無法具有嗔癡愛恨的傘,表達情人對愛情消失,心裡的最大譴責與抗議。這是一首讓人讀了心碎於無形的浪漫截句。

整首詩的遣詞用字,輕柔曼妙如同下過一場櫻花雨,在輕柔中表達最多的譴責與怨懟,毫無血腥畫面,卻帶有深刻的內心傷痕,縱使有所假託,也是彌補不了人去樓空真實現存的虛空與失去。就如同葉莎曾在〈門〉截句後面脆弱的「門」說:「雖然表面是說世界舊了,其實就是暗示我也舊了!詩人的善良在某個層面看來,其實是一種隱形傷害,請詩人們不要狡辯。」〈春天的事〉這首詩,作者無非也是想要用善良詩句,來試圖安慰或是排遣詩人自己或讀者內心的傷,但是世界已舊,人心也已變,再多的狡辯與牽拖,說白了,全無濟於事。這又是另一層含意。

# ▍蕭蕭愛「水」

曾秀鳳（凡鳥）

## 【截句】

〈自主〉　　蕭蕭

水流，船不動
岸邊
石頭篤定自己的篤定任草纏繞腰身

## 【解讀】

　　喜愛蕭蕭（蕭水順，1947－）詩作的人，應能明瞭「水」總在他詩裡扮演著重要角色。其詩含有「水」的，俯拾皆是，如〈那水無色無臭也無痕〉：「船過水無痕？／那受精卵已然大學畢業／已然紅塵自己的容顏／已然逝水」。〈天地小立──讀白靈〈恆河邊小立〉後誌〉：「恆河沙是無量數的天地偈／佛曰：何以只取他一瓢、我一沙語？／滾滾流逝又滔滔而來，那風那水無盡期」等，若

是再把幻化成雲成霧成溪成海成河的「水」，也一併納入，那讀過他的「千詩」，無百川也定有「萬水」。

蕭蕭愛「水」，眾人皆曉。據筆者的理解，他的愛「水」分兩個層面：一是他外在形象的「水」〈台語的美〉，另一則是詩作裡的「水」。

先談他的愛「水」，蕭蕭欣賞自己靦腆的「水」，在外表也堅守他恰如己分的「水」，既不過度裝扮也絕不邋遢。而這種愛「水」也反映在詩裡，他詩中的「水」有道家的「靜而無為」的自然；也有佛家「淨而無染」的自在。回應他糅合佛與道的自身修為，呈現於「水」的，若非「一任自然」，便是「一塵不染」。兩者皆能海納無限，既容許擁有了然的自我造境，也能展現無我的渾然化境。

〈自主〉這首詩是筆者認為最能展現蕭蕭愛「水」的截句。一起頭便放任「水流」，讓「水」來呈現世間人事物的潔淨可能與藏汙納垢本能，此處的「水流」是世界上的萬事萬物，各種各樣的主義、思想、情感在不同世代裡不斷奔竄流動，有好有壞，總要掀起漣漪幾翻。而當「水」流過身邊時，引動「草纏繞腰身」，就像流言四竄，有人如「草」般毫不自覺的扭動腰身隨波逐流時，作者則提出「船不動」和「岸邊石頭」來反駁並表徵自我堅持，以及不願隨波逐流的潔淨本性。勸人或可作為旁觀者，也可臨危不亂，只篤定做自己該做的事，而不被世俗所困。

本詩的詩眼在「任」這個字，讓一切得到「釋然」，既然人世有憂有傷，有喜有悲，有靜有動，有顛峰有幽谷，何妨讓一切的一切「一任自然」，那世界就可達一種澄然化境順任的和諧自在。

〈自主〉這截句短小精悍，不若蕭蕭的〈隨李白賞紫藤〉，全

詩運用連綿長句來形象紫藤花高懸而下的震撼之美。這兒的作者採短句式，讓水流具有自然形象，先繞過不動的船，行過岸邊，再蜿蜒於河中與水草共舞。若是以音韻節奏來推敲，會發現最後一句自石頭之後，作者巧用上去聲的侷促，打造水花撲岸聲效，直到「腰身」才讓水釋放遠退，也是一絕。

**秀威經典**　　　語言文學類　PG2332　臺灣詩學論叢17

# 截句課

主　　　編／蕭蕭、曾秀鳳
論叢主編／李瑞騰
責任編輯／石書豪
圖文排版／莊皓云
封面設計／劉肇昇

出版策劃／秀威經典
發 行 人／宋政坤
法律顧問／毛國樑　律師
印製發行／秀威資訊科技股份有限公司
　　　　　114台北市內湖區瑞光路76巷65號1樓
　　　　　電話：+886-2-2796-3638　傳真：+886-2-2796-1377
　　　　　http://www.showwe.com.tw
劃撥帳號／19563868　戶名：秀威資訊科技股份有限公司
　　　　　讀者服務信箱：service@showwe.com.tw
展售門市／國家書店（松江門市）
　　　　　104台北市中山區松江路209號1樓
　　　　　電話：+886-2-2518-0207　傳真：+886-2-2518-0778
網路訂購／秀威網路書店：https://store.showwe.tw
　　　　　國家網路書店：https://www.govbooks.com.tw

2019年12月　BOD一版
定價：270元
版權所有　翻印必究
本書如有缺頁、破損或裝訂錯誤，請寄回更換

國家圖書館出版品預行編目

截句課 / 蕭蕭, 曾秀鳳主編. -- 一版. -- 臺北市：
秀威經典, 2019.12
　　面；　公分. -- (語言文學類；PG2332) (臺灣
詩學論叢；17)
　　BOD版
　　ISBN 978-986-98273-5-5(平裝)

　　1.中國詩 2.詩評

821.886　　　　　　　　　　　108020897

# 讀者回函卡

感謝您購買本書，為提升服務品質，請填妥以下資料，將讀者回函卡直接寄回或傳真本公司，收到您的寶貴意見後，我們會收藏記錄及檢討，謝謝！如您需要了解本公司最新出版書目、購書優惠或企劃活動，歡迎您上網查詢或下載相關資料：http:// www.showwe.com.tw

您購買的書名：＿＿＿＿＿＿＿＿＿＿＿＿＿＿＿＿＿＿＿＿＿＿＿

出生日期：＿＿＿＿＿年＿＿＿＿月＿＿＿＿日

學歷：□高中 (含) 以下　　□大專　　□研究所 (含) 以上

職業：□製造業　□金融業　□資訊業　□軍警　□傳播業　□自由業
　　　□服務業　□公務員　□教職　　□學生　□家管　　□其它＿＿＿

購書地點：□網路書店　□實體書店　□書展　□郵購　□贈閱　□其他

您從何得知本書的消息？

　□網路書店　□實體書店　□網路搜尋　□電子報　□書訊　□雜誌
　□傳播媒體　□親友推薦　□網站推薦　□部落格　□其他＿＿＿＿＿

您對本書的評價：（請填代號　1.非常滿意　2.滿意　3.尚可　4.再改進）

　封面設計＿＿＿　版面編排＿＿＿　內容＿＿＿　文／譯筆＿＿＿　價格＿＿＿

讀完書後您覺得：

　□很有收穫　□有收穫　□收穫不多　□沒收穫

對我們的建議：＿＿＿＿＿＿＿＿＿＿＿＿＿＿＿＿＿＿＿＿＿＿＿

＿＿＿＿＿＿＿＿＿＿＿＿＿＿＿＿＿＿＿＿＿＿＿＿＿＿＿＿＿＿

＿＿＿＿＿＿＿＿＿＿＿＿＿＿＿＿＿＿＿＿＿＿＿＿＿＿＿＿＿＿

＿＿＿＿＿＿＿＿＿＿＿＿＿＿＿＿＿＿＿＿＿＿＿＿＿＿＿＿＿＿

11466
台北市內湖區瑞光路 76 巷 65 號 1 樓

**秀威資訊科技股份有限公司** 收

BOD 數位出版事業部

·····

（請沿線對折寄回，謝謝！）

姓　　名：＿＿＿＿＿＿＿＿＿　年齡：＿＿＿＿　性別：□女　□男

郵遞區號：□□□□□

地　　址：＿＿＿＿＿＿＿＿＿＿＿＿＿＿＿＿＿＿＿＿

聯絡電話：(日) ＿＿＿＿＿＿＿＿＿＿ (夜) ＿＿＿＿＿＿＿＿＿＿

E-mail：＿＿＿＿＿＿＿＿＿＿＿＿＿＿＿＿＿＿＿